베 홑이불의 전설

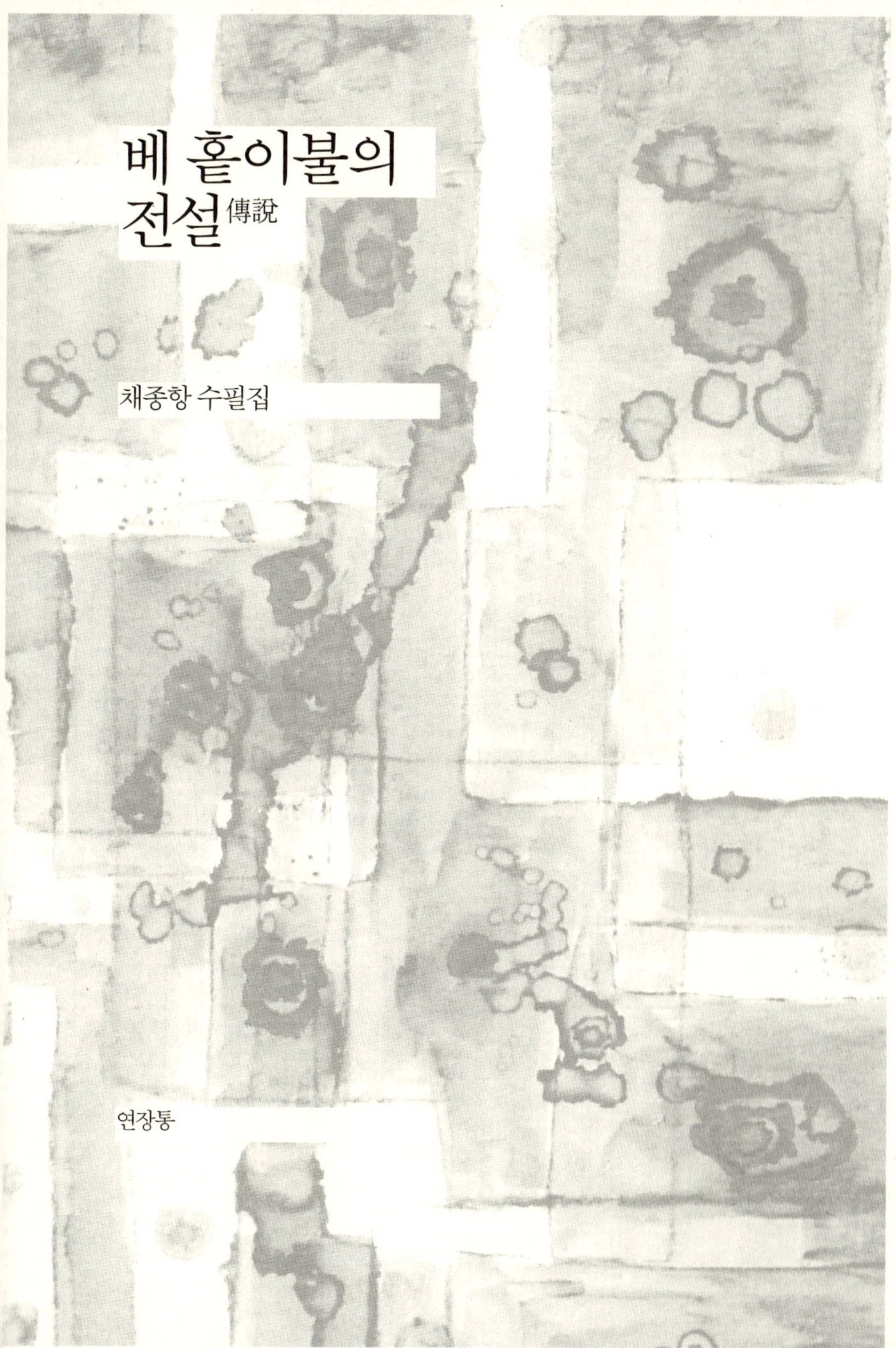

베 홑이불의 전설 傳說

채종항 수필집

연장통

책머리에

일상에서의 느낌과 생각을 좋은 글로 표현할 수 있는 사람은 작은 행복 하나를 갖춘 셈이다. 그런 점에서 틈틈이 소박하지만 깊이 있는 글을 써 자녀들에게 아름다운 선물로 남겨주신 우리 장모님께서는 작지만, 그러나 매우 값진 행복의 의미를 아시는 분이다.

나는 장모님께서 간간이 딸에게 보내주는 수필들을 옆에서 읽으며 저절로 팬이 되어갔다. 여러 글들 중 특히 「베 홑이불의 전설」은 잔잔한 감흥이 오래도록 남았다. 그 글을 읽어내려 가노라면 장모님의 어릴 적 시골집과 마을 풍경이 눈앞에 아스라이 아른거리고, 옛 시절 어머니가 밤을 새워 길쌈하고 다듬이질하는 모습이 눈에 선하게 비추는 듯했다. 그러나 그보다도 더 우리 가슴에 와 닿는 부분은 자식들을 위해 밤낮으로 애쓰시던 그 '어머니가 과연 행복하셨을까?' 라는 질문을 던지는 대목이었다. 이는 우리 모두가 한 번쯤 생각해보아야 할 질문이 아닐까 싶다.

지난 세기 극심한 가난과 환란의 와중에서 오로지 자식과 가족을 위해 자신의 삶 전부를 희생하고 던졌던 조선의 모든 어머니들이 과연 행복을 느끼셨을까? 놀랍게도 장모님의 결론은 행복의 긍정에 도달하고 있다. 이러한 긍정을 통해 아마도 장모님께서 우리에게 전하고자 했던 것은 다음과 같은 깨달음이었을 것이다—아무리 뼈저린 가난과 그 어떤 일상의 힘든 노역도 가족을 지켜내기 위해 어머니가 베풀며 간직했던 희생과 사랑의 기쁨을 덮어버리지는 못한다. 이러한 어머니의 사랑은, 마치 전설이 그러하듯이, 시대와 세대를 뛰어넘어 모든 어머니들의 마음속에 살아 숨쉬며 앞으로도 이어져 갈 것이다. 장모님은 그 글에서 어머니의 현실을 있는 그대로 받아들이고, 동시에 인생의 여러 난관을 뚫고 헤쳐 나온 자신의 삶을 되돌아보면서, 우리 모두에게 어머니라는 존재와 삶이 어떠한 것인가에 대하여 큰 깨우침을 주셨다. 장모님께서 우리에게 이러한 가르침을 주실 수 있었던 것은 당신이 겪어오신 경험과 교육이 그것을 가능케 했을 것이라는 생각을 해본다.

장모님께서는 1925년 함경남도 원산시 문천군 영노리에서 태어나 초중등 과정을 원산에서 마치고 상경하여, 1944년 경성여자사범학교(京城女子師範學校)를 졸업하셨다. 졸업 후에는 1944년에서 46년까지 2년 가까이 고향으로 돌아가 그의 모교인 원산 명석초등학교 교사로 근무하시다가 1946년 가족과 함께 월남하여 1946년부터 49년까지 서울 창신초등학교 교사로서 학생들을 가르치셨다. 1949년에는 경성치전(京城齒專)을 마치고 서울치과대학을 제1회로 졸업하여 치과병원을 하고 계셨던 유길형 님을 만나 그해 12월 2일에 결혼식을 올렸다. 그러고는 그 당시 많은 어머니들이 그리하셨던 것처럼, 장모님께서는 결혼 후 바로 학교를 그만두시고 가정주부로서, 그리고 차후 4녀 1남의 어머니로서 평범한 삶을 살아오셨다. 그 당시 드물게 고등교육을 받으셨음에도 젊은 시절 가졌던 자신의 푸른 꿈과 희망을 접고 희생의 길, 헌신의 길, 어머니의 길로 들어서신 것이다.

돌이켜보면, 장인어른께서는 정말 법이 필요 없는 착하고 강직한 분이셨다. 1948년 '유길형치과'를 돈암동에서 처음 개업하신 이래 건강이 나빠지셔서 문을 닫은 2005년까지 무려 57년여 동안 오로지 가족만을 위하여 치과의사로서 올곧게 살아오신 분이었다. '소박하고 단순한 삶'이 장인 어르신이 세우신 가풍(家風)이었기에, 근검, 절약, 정직, 원칙을 따르는 가족구성원들의 삶은 힘들지 않았지만 적어도 수월하지는 않았으리라. 그러한 가정을 일상에서 알뜰하게 꾸리고 생활을 원만하게 이끌어가신 분이 장모님이셨다. 장모님의 헌신과 희생 덕분에 4녀1남 모두 따뜻한 사랑 속에서 반듯하게 자라 각자 제자리에서 열심히 정직하게 살아가고 있다.

재작년 2010년 8월 18일에 장인어른께서 하느님의 부르심을 받고 하늘나라로 먼저 가셨다. 그 후 장모님의 건강이 많이 나빠지셔서 걱정이다. 자식들이 있지만 각자 광주, 서울, 미국 등지로 뿔뿔이 흩어져 직장과 자녀 교육에 얽매이다 보면 아무래도 자주 찾아뵙지도 못하고 소홀하게 되기 십상이다. 그래서 더욱 외로움을 느끼시게 되는지도 모른다. 곰곰이 생각해보니 장모님께서 일상에서의 느낌과 생각을 글로 쓰기 시작하신 것이 자녀들이 모두 당신의 품을 떠나 당신만의 시간이 많아지신 뒤부터였다. 장모님께서 쓰신 수필들이 모두 90년 이후에 쓰여졌다는 사실이 그를 뒷받침해준다.

이제 60여 년을 같이 해로한 배우자마저 먼저 가셨으니 더더욱 혼자 보내시는 시간이 많아지셨다. 그래서 우리 모든 자녀들은 근래 들어 더욱 죄송하고 송구스러울 뿐이다. 그러고는 장모님이 오래 전 질문을 던지셨던 것처럼, 장모님께서 남편과 자식을 위해 헌신했던 삶을 되돌아보면 행복하셨는가를 새삼 되묻게 된다. 그 질문을 되씹으며, 우리는 장모님께서 이미 글을 통해 그러한 삶 자체가 기쁨이고 행복이었다고 말씀하셨다는 사실에 한 줄기 위안을 찾는다. 이것이 '베 홑이불의 전설' 이라는 제목으로 장모님의 수필집을 펴내며 장모님의 만수무강을 비는 이유이다.

끝으로 이 작은 책자를 만들어 자녀들이 나누어 간직함으로서 장모님의 글 속에 담긴 깊은 생각과 가르침들을 마음속에 길이 간직하도록 했으면 한다.

－가족을 대표하여 둘째 사위가 2012년 5월의 어느 아침에 씀

첫째 딸 유승희, 사위 김정우

둘째 딸 유승교, 사위 최협

셋째 딸 유승채, 사위 오영식

넷째 딸 유승인, 사위 이성원

아들 유승한, 며느리 김은영

다음 페이지－외손녀 이은준 그림

시와 사색

그리움

삶 속에서

다음 페이지—2011년 일본 여행에서 아들 유승한과 함께

Yufuin no Mori
KYUSHU RAILWAY COMPANY
ゆふいんの森
博多—由布院
2011 2

2월 1일, 일요일 아침에 부친다

1월 달력을 다음 장으로 넘겨 젖힌다. 화사한 한복을 입은 여인의 웃음 밑에 빨간색 1일자로 시작되는 2월 달력에 28일간의 날짜가 가로 일곱, 세로 넷으로 아귀를 맞추어 가지런히 적혀 있다. 오오! 벌써 2월이고 오늘이 1일, 주일이구나. 나는 어쩐지 마음이 급해지며 서두른다. 대한(大寒)을 전후해서 금년의 1월은 예년에 없이 추운 가운데 양(陽), 음(陰)력 설을 정신없이 보냈다.

나는 2월을 싫어한다. 친정아버님, 시어머님을 위시하여 그리운 이들을 2월에 저세상으로 보냈기 때문이다. 또한 입춘(立春), 우수(雨水), 경칩(驚蟄) 등 생각만 해도 기다려지는 봄을 잉태한 절기들이 있어 마음의 설렘은 앞서는 데 비해 2월의 실상은 변덕스럽게 춥기 때문이다. 1월은 으레 1년 중 제일 추운 달이라는 선입견에서 오는 긴장 탓인지 '춥다' 라는 표현 그대로 견딜 만한데, 2월의 추위는 전혀 느낌이 다르다. 2월은 여러 절기의 예고인지 아니면 마지막 추위의 발악인지 '춥다' 가 아니고 '차다' 는 표현 그대로 을씨년스럽게 스산한 날이 많다. 지병(持病)으로 만성 신장염이 있는 나는 허리와 목덜미로 파고드는 2월의 찬바람이 아주 기분 나쁘다. 예로부터 2월의 추위는 물독을 깨고 품 안으로 파고드는 한기라 하여 늙은이들은 경계해야 한다고 했다. 그런데 금년 2월 1일 오늘 아침은 전혀 그렇지 않다. 빨간색인 1자로 시작되는 올해의 2월은 왠지 즐거운 달이 될 것만 같다. '주일(主日)', 크리스천은 일요일을 그렇게 부른다. 조물주께서 엿새 동안 부지런히 일하시고, "심히 좋더라"라고 자신의 일하신 결과에 만족하시고, 이렛날 안식(安息)하시면서 피조물인 인간에게 귀의(歸依)하며 편안히 쉬라고 명령하신 날이다. 그것이 신약(新約)으로 이어져 주 예수께서 부활(復活)하신 특별한 의미를 지닌 날이 '주일(主日)' 이기 때문이다.

새해가 되어 새 달력을 받으면 사람들은 먼저 빨간색으로 표시한 공휴일을 짚어보고 그것에서 풍기는 즐거움과 설렘에 젖는데 오늘 그것이 초하루부터 시작되니 앞으로 살아갈 2월 전체가 밝고 즐거운 느낌으로 다가오는 것이다. 분명 아직은 겨울인 2월 초순인데 '입춘(立春)' 이라는 절기를 내세워 사람을 위시해 생명 있는 모든 것들에게 지루한 인고의 계절에서 벗어난다는 예고를 한다. 미리 봄이 온다는 당위성을 감각적으로 인지시키면서 서서히 봄에 대한 기대와 분위기를 주며 우리들의 마음과 육신을 이끌어간다. 선조들의 삶의 지혜가 어쩌면 그리도 섬세하고도 정확한가 놀라웠다.

봄은 이미 2월의 햇살 따라 내 방 창문 앞까지 다가와 있는 것이다. 화장을 하려고 경대 앞에 앉는다. 먼저 연분홍색 스킨로션을 듬뿍 바르고 손바닥으로 탁탁 친다. '싸아' 한 청량감으로 늘어진 피부에 긴장이 온다. 우윳빛 밀크로션을 손바닥에 흘려서 얼굴 전체에 부드럽게 편다. 다음은 내가 제일 주력하는 순서이다. 약간 고가(高價)인 속칭 '금딱지' 엘리자베스 아덴 영양크림을 똑똑 찍은 다음, 정성 들여 오랫동안 얼굴 전체를 골고루 문지르면 스며드는 영양으로 인해 건조했던 피부가 촉촉해진다. 이 크림은 뉴욕 큰딸이 선물한 것이다. 네 딸이 각각 건네준 여러 가지 색깔의 '립스틱' 중에서 오늘 아침에는 아주 곱고 밝은 오렌지색으로 입술을 그려 나간다. 파리하고 초라하던 칠순 노파의 얼굴에 약간의 생기가 동한다. 고슴도치 털 같이 둥근 빗에 묻어 나오는 흰 머리카락을 뽑으며 나는 경대 속의 내 모습을 향해 환한 웃음을 건넨다. 샅샅이 가림 없이 노출된 쭈글쭈글한 피부, 하얗게 바랜 모습, 한창 나이 때의 이지적이라고 칭찬받던 내 모습은 흔적도 없다. 2월 햇빛 경대 속의 내 모습이 세월의 무게로 초라하기 그지없다.

그러나 내게는 너무나 소중하고 정다운 모습이다. 불혹(不惑)의 나이 사십대부터는 자신의 얼굴에 스스로 책임져야 한다는 말이 생각났다. 그렇다면 사십대를 곱절로 산 나로서는 곱절의 책임을 져야 하지 않겠는가? 그런데 아무리 에누리해 찾아봐도 내 얼굴에는 칠십대 연륜만큼의 깊이가 묻어 나오지를 않는다. 포근하고 넉넉한, 젊은이가 범치 못할 내가 지니고 싶은 내면적으로 성숙한 그 무엇이 없다.

젊은 날을 안이(安易)와 무사(無事)로 그저 세월을 낭비한 흔적만이 보여서 서글프고 후회스러웠으나 이내 나는 그 생각을 거두었다. 사람은 현재가 가장 중요하지 않겠는가? 지금의 이 모습 이대로의 나를 사랑하며 열심히 살자. 늙기는 했지만 경대 앞에서 화장하는 여인의 기쁨과 평화가 아직 내게는 있다.

작은 나의 방! 그득히 쏟아져 들어오는 2월의 햇살로 인해 내 예쁜 경대에는 어제 이맘때쯤 분명히 닦아 놓았을 양(量)만치의 먼지가 또 뽀얗게 앉아 있는 것이 환히 보인다. 입술연지를 찍어 낸 화장지로 정성껏 구석구석 닦아낸다. 화장품 병들도 하나하나 닦아서 키높이대로 가지런히 세워 놓는다. 둘러보니 시어머님 물림의 의걸이장도 빨간 반닫이도 '나도 닦아 주세요' 하며 쳐다보고 있다. 내친 김에 노란 장판도 마른걸레질을 한다. 좁고 작은 나만의 공간 속에서 지난 세월을 나와 함께한 사랑스러운 내 세간들이 따뜻한 2월의 햇살을 받으며 각기 지니고 있는 사연들을 반짝반짝 소근거린다. 유리알처럼 영롱하고 아늑한 내 작은 성(城) 안에서 나는 성주(城主)와도 같은 행복에 젖는다.

이제부터는 2월도 사랑하리. 스산스럽고 찬 바람을 마지막까지 견디어 낸 자만이 봄을 잉태한 마법과도 같은 2월 햇살의 은총을 알리라.

(1997년 2월 1일, 일요일 씀. 1999년 『도봉수필』 제1집에 발표)

다음 페이지—2001년 수필과비평사 신인작가 등단식장에서 둘째 딸 유승교와 함께

기쁜 우리들의 젊은 날이여

한 달 동안이나 독감을 앓고 난 후 모처럼 전철을 탔다. 10시를 지난 시각이라 차 안에는 승객이 별로 많지는 않았으나 빈자리는 없었다. 자연히 경로석에 눈이 갔다. 경로석 가운데 끼여 앉았던 한 청년이 나를 보자 벌떡 일어나 자리를 내준다. "고맙습니다" 인사를 하며 앉고 나서 느긋이 차내를 빙 둘러보았다.

차 안은 서 있는 사람이 없어서 하얀 공간이 다 드러나 시원하고 따뜻했다. 모두 앉아서 책을 읽고 혹은 눈을 감고 있는 사람들의 모습이 넉넉하고 평화로웠다. 대한민국 서울 서민의 반듯한 삶의 모습들을 엿볼 수 있었다. 그들의 선량한 삶 속에, 병을 앓고 난 나의 삶도 다시 한몫 끼어들었다는 동질감으로 그들이 내 식구들처럼 정다웠다.

몇 년 전 뉴욕에서 전철을 탄 일이 생각났다. 100여 년이 넘는 뉴욕의 전철은 한마디로 달리는 고철덩이였다. 출발할 때마다 쇳덩이가 튕겨져 나오는 요란한 소리에 소스라쳤다. 차 안은 좁고 어둠침침한 데다가 향수를 좋아하는 뉴욕 시민들의 체취가 배어 묘한 냄새도 났다. 그에 비하면 비록 외국의 빚으로 된 우리네 전철이지만 넓고 깨끗하니 기분이 매우 좋다. 게다가 늙은이들에게 경로석까지 마련하여 주었으니 더없이 고마울 뿐이다.

점점 승객들이 많아지더니 우리 앞에 네댓 살짜리 여자아이 손을 잡은 단정한 젊은 엄마가 멈춰 섰다. 내 오른쪽에 앉은 밍크 롱코트를 입고 눈에 번쩍번쩍 띄는 반지와 귀걸이를 한 할머니가, "아가야! 이리 와 할머니 무릎에 앉아라. 다리 아프지?" 하며 아이 손을 잡아끌려니까 아이는 제 엄마 치마폭에서 떨어지질 않는다.
야하지 않게 짙은 화장을 한 그녀는 60대 초반으로밖에 보이지 않는다. 아까부터 수다를 떨고 싶던 나는 참지를 못하고, "올해 몇이신데요?" 하고 먼저 말을 걸었다. "칠순이 넘었어요. 스무 살짜리 서울대 다니는 손주 녀석이 있어요." 그녀는 무언가 더 자랑하고 싶은 눈치인데 "이 나이가 되어서야 요런 것들을 보면 내 새끼, 남의 새끼 할 것 없이 예뻐 죽겠어요" 하며 호들갑을 떤다.

짧은 스커트에 롱부츠를 신은 그녀를 찬찬히 뜯어보며 '꽤나 늙은 이 행세를 하네. 기껏해야 내 딸들 연배나 될까 말까?' 하는 내 속 마음을 잽싸게 읽었는지, "하하, 제가 젊어 보이지요? 65세라면 모두 거짓말이라고 해요. 지금도 화장품 외판을 해서 돈을 벌지요"라고 한다. 주위 사람들이 그녀를 모두 쳐다보며 놀란 표정이다. 그녀는 참으로 쾌활하고 당당해서 나는 공연히 주눅이 들었다.

여자아이는 너무 귀여웠다. 도톰한 머리통에 하얀 가르마를 길게 타서 방울 고무줄로 머리를 양 갈래로 묶어서 움직일 때마다 까만 머리 꼬리가 달랑달랑 춤을 춘다. "요즈음 애들은 하나같이 다 잘생겼어요. 아가는 눈, 코, 귀, 입 모두 이쁘지만요. 특히 이마가 반듯한 게 귀티가 나네. 네 이름이 뭐지?" 나도 한마디 거들며 고 이쁜 이마를 살짝 만져 보았다. "나, 민지! 김민지." 작은 소리로 이름을 대면서 아이도 엄마도 행복하게 웃는다.

아이는 무슨 생각에서인지 "엄마! 엄마! 여기 앉아 봐" 하고 제 엄마를 쭈그리고 앉게 하더니 엄마 귀에다 소곤댄다. "아아! 껌?" 엄

마가 껌종이를 벗겨서 입속으로 쏙 밀어넣고 껌을 쌌던 은종이를
쥐어준다. "이따가 껌 다 씹으면 이 종이에 싸서 호주머니에 넣어
야 해! 함부로 아무 데나 버리면 안 돼." 아이는 오물거리며 고개를
까딱까딱한다. 보고 있던 우리 세 할망구들은 그만, "요 깍쟁이 꼬
마 숙녀야!" 하며 그 애에게 완전히 반해 버렸다.

할머니들이 차례대로 내린 빈자리에 백발에 노란 파카가 잘 어울리
는 할머니가 와 앉았다. 그 할머니는 예사 할머니가 아닌 것 같았
다. 그녀도 수다 떨고 싶은지 앉자마자, "할머니! 모자가 잘 어울리
네요. 그 모자 할머니가 짜신 것이지요?" 한다. 나는 그렇다고 대
답했다. 그러자 이내 그녀는 자기 이야기를 늘어놓는다. 은평구청
문화강좌에서 사군자를 친다는 것. 구청 복지시설이 잘 되어 있어
서 매일 운동하러 다닌다는 것. 자기는 76세인데 이렇게 건강해서
감사하지만 혼자 살며 병든 늙은이도 많아서 그들을 위해 말동무도
되어 주고, 책도 읽어 주는 봉사를 한다는 등등……

그녀의 애기는 모두 내게 공감을 주어서인지 지루하지가 않았다.
21세기의 의식 있는 바람직한 노인상이라는 생각이 들었다. 별안
간 밖이 환해지면서 차창 너머로 겨울 풍경이 눈에 들어왔다. "아

차! 녹번역이 지났어요?” 후닥닥 내리니 ‘지축’ 이라는 팻말이 서 있는 시골 간이역 같은 역이었다. 전철이 마을 한가운데를 가로지르고 앞뒤로 저 멀리 나목을 이고 있는 야산이 마주하고 있었다. 산자락에 슬레이트 단층집들이 고즈넉이 줄고 있었고 이미 정오를 넘은 겨울 햇살이 빗살져 꽂히고 있었다. 공기가 맑고 시원해서 나는 크게 심호흡을 했다. 사람도 뜸하고 차 시간도 간격이 좀 있는 것 같았다. 상·하행선이 한곳으로 되어 있는 역에서 다정하게 손을 잡은 젊은 남녀 한 쌍이 반대쪽을 쳐다보고 서 있었다.

“여기도 은평구인가요?” 하고 물으니 훤칠한 키의 그 청년이 하얀 이를 드러내며, “아니요, 경기도 고양군이지요. 무슨 제한인지는 모르겠으나 제한구역이라 집을 신축, 개축을 못하는 곳이랍니다” 라고 대답한다. 그 옆에 있는 젊은 여자는 아무 말 없이 순한 눈매에 빙그레 웃음을 담고 나를 쳐다본다. 그들은 공장에 다니거나 육체노동을 하는 젊은 연인들 같았다. 초조하지도 않고 진실한 눈길로 서로를 믿는 건강한 사랑의 분위기를 금세 느낄 수 있었다.

그런 그들을 바라보면서 문득 오래전에 본 드라마 제목이 생각났다. 줄거리는 잊었지만 ‘기쁜 우리들의 젊은 날이여’ 라는 매력 있는 말이었다. 꼭 저들 한 쌍이 그 제목의 주인공 같았다. 그렇게 생각하니 그렇지 않아도 싱그러운 그들의 이미지가 더욱 풋풋한 젊은 생명력으로 내 늙은 몸속으로 번져와, 알지 못할 뜨거운 에너지에 밀려 크게 환호성이라도 지르고 싶어졌다.

산다는 것이 이렇게도 기쁘고 아름다운 것이구나! '기쁜 우리들의 젊은 날이여' 라는 말은 분명 나와는 상관없는 말인 것으로 생각되었는데 별안간 '아니야!' 하고 힘차게 부정하는 소리가 있었다. 나는 곰곰이 생각했다. 비록 늙은 육체이기는 하나 앓고 난 후의 재생력과 건강을 회복하려는 내 생명력만은 그들 청춘남녀의 그것과 동질의 것이니, 내게도 썩 어울리는 말이 아닐까? 좀 아전인수(我田引水) 격인가? 설령 그렇다 쳐도 그러면 어떻고 아니면 어떠랴. 내가 그렇다고 생각되면 이미 그 멋진 말은 나의 것이 된 것이다. 아니 내게뿐만 아니라 스스로의 생명과 모두의 생명을 소중히 여기며 던져진 말이다. 주어진 삶을 아름답게 감사하며 살고자 하는 모든 이들에게 주어지는 격려와 찬사와 희망이며, 위로와 한없는 가능성을 시사해 주는 빛나는 말이 아니겠는가?

(2000년 3월, 『수필과 비평』에 발표)

나의 꽃밭

지루하던 늦은 장마가 멎고 모처럼 하늘이 파란 얼굴을 내밀었다. 두어 평 남짓한 베란다의 꽃밭이 소리 없이 웅성대더니 반짝반짝 삶의 찬가를 불러댄다. 연분홍의 작은 꽃들이 무리지어 하늘을 향해 방실거리고 다섯 꽃잎이 꽃을 이룬 '제라늄' 역시 붉은 미소로 늦은 조반을 짓는 나에게 손짓한다.

흰 레이스 커튼 너머 연초록 잎과 줄기 사이에서 그들의 청신한 모습이 레이스 무늬에 음영으로 비친다. 천국인 양 그 모습이 어느 호화로운 정원 못지않게 나의 눈을 즐겁게 한다. 눈이 즐거우면 영혼도 즐겁고 따라서 사는 것이 즐거워지는 법이다. 젊어서는 화려하고 요염한 장미나 모란 같은 꽃을 좋아했는데 세월 따라 언제부터인가 작은 꽃을 좋아하게 되었다. 탐스럽고 요염한 꽃은 가꾸기도 까다롭고 어쩐지 부담스럽고 쉬이 권태감을 주는 것 같다.

하트 모양의 세 잎 사이로 쏙쏙 꽃대를 올려 연분홍의 옴팍하고 작은 꽃을 무리지어 피우는 사랑꽃과 붉은 제라늄은 뿌리를 잘라서 마디를 물에 꽂아 두면 뿌리가 내리는, 번식이 아주 쉬운 꽃들이다. 처음에 한 화분에서부터 시작하여 지금의 30여 개의 화분까지 내 손으로 직접 번식시켰다. 또, '조란' 이라 불리는 잎이 뾰족뾰족한 억센 화초도 쑥 올라와 늘어진 줄기에 하얗고 투명한 뿌리를 단 채 대롱대롱 매달려 있다. 이 새끼 난을 흙에 내려 심으면 금방 성란이 되어 줄기 따라 다닥다닥 피는 작은 꽃이 여간 청초하지가 않다. 이들은 햇빛이 잘 비치고 물만 주면 불평없이 꽃을 헤프게 피우면서 제법 운치 있게 해준다.

다른 꽃들에 비해 이들 작은 꽃들은 제 분수를 알고, 내 적은 수고에 잘 순종해준다. 고급 꽃들이 거만하게 홀로 서기를 주장하다가 쉬이 소멸되는 데 비해 이들은 겸허하고 단순하게, 또 단합하여 살아간다. 그리고 화려한 꽃들을 밀어내고 자기들만의 사는 법을 잘 아는 귀엽고도 영리한 생명체들이다.

넓은 아파트에 살며 도자기 화분에 고고한 동서양 난을 기르는 친구들이나 나의 딸들은 그런 잡초 같은 꽃들을 무엇 때문에 기르느냐고 하며 차라리 반찬이 되는 채소들을 기르라고 했다. 딸들은 어쩌다 집에 오면 집에 그 꽃들 때문에 모기, 파리, 개미들이 침범한다고 야단들이다. 그러나 나는 내 손으로 번식시킨 이 꽃들이 너무나 사랑스럽다. 마치 내 손으로 받아낸 손자 손녀처럼 소중하고 귀엽다.

싱그러운 바람이 한차례 지나간다. 나의 꽃들이 살랑거린다. 믿음직한 푸른 잎과 줄기가 연하디연한 꽃잎이 떨어질세라 조심스레 받쳐준다. 꽃에만 눈이 가던 내가 잎과 줄기의 번들거리는 녹색도 같이 감상하느라 깊이 응시하게 되었다. 아아! 얼마나 깊이 있고 오묘하고 신비로운 녹색의 생명체인가? 빨강, 노랑, 순백, 그리고 오렌지, 그 외 세상의 온갖 색깔을 수용하고 조화시키고 통일시키는 너 녹색! 생명을 순환시키고, 우리 눈을 청정케 하고 휴식시키는 신이 내려주신 으뜸가는 너 녹색이여!

그대 녹색의 잎과 줄기가 아니었더라면, 꽃들만의 형형색색의 현란함만 있었더라면 우리들의 눈은 현란한 색의 포만에서 오는 권태로움과 피곤으로 지쳐 버렸을 것이다. 꽃이 아름다운 것이 아니라 녹색의 잎과 줄기가 있어 비로소 꽃이 고운 제 색깔을 낼 수 있는 것이 아니겠는가? 이런 생각이 들자 신이 주신 지구상의 그 시원한 녹색의 정원이 줄어든다는 것은 참으로 생명체에게는 큰 위협이라는 생각이 절실해진다.

이제 녹색의 정원이 줄어들면 녹색이 만들어내는 꽃들도 점차 줄어들 것이고 기계가 찍어내는, 생화(生花)와 유사한 조화(造花)로 된 인조 꽃밭도 생겨날 것이 아니겠는가? 그때도 우리의 눈이 나의 꽃밭에서 얻는 즐거움 같은, 생명감 넘치는 만족함을 얻을 수 있을까? 생명의 유대감이 없는 기쁨과 즐거움을 생각하면 그 허허로움과 삭막감에 오싹하는 전율마저 느끼게 된다.

이 귀엽고 씩씩한 나의 꽃들도 늦은 팔월의 장마에 얼마나 겁을 먹고 오들오들 떨었던가. 흰 반점이 생긴 잎이 오므려지고 줄기가 축 늘어져 나를 애태웠지만, 인내하고 견디며 자기방어에 용감했었다. 그러면서 오늘 아침 마침내 쏟아져 들어오는 햇빛을 받아서 내게

승리의 고운 웃음을 던져주지 않는가. 산다는 것은 축복이지만 또 고난이 따른다는 것을 그래서 아주 엄숙한 것이라는 것을 가르쳐주는 아침이다.

(2000년, 『도봉수필』 제2집에 발표)

다음 페이지―1958년 창경원에서 첫째 딸 유승희, 둘째 딸 유승교와 함께

昌慶苑에서
1963. 8. 20

일기 1

1997년 11월 24일, 월요일, 봄 날씨같이 푸근하고 맑은 날.

재개발지역

1963년대 우리 교회가 세워질 당시의 이곳은 넓은 호박밭이었단
다. 지금은 교회 주변에 밀집한 주택들이 헐리며 재개발이 될 예정
이다. 건평 13평에서 20평의 서민주택들이 200호 가량 되는데, 그
것들이 이제 철거되고 삼성건설이 맡아서 15층, 20층의 아파트가
들어선다고 한다. 오늘 보니 완전히 철거된 자리에는 이불, 베개,
신발 등 버리고 간 생활용품이 산더미같이 쌓인 허허벌판이 되었
다. 그 생활용품들은 이 서민주택에 살던 주민들이 없는 돈을 아껴

서 필요에 따라 때론 옆집에서 샀으니까 자기네 형편도 과시하는 허세로 사들였을 물건이었으리라. 본래는 예쁘고 아름다운 일용품들이 사람의 손을 벗어나 버려진 상태로는 그렇게 흉한 몰골일 수가 없다. 특히 아름다운 수를 놓은 베개가 그대로 버려진 몰골은 꼭 감추어야 될 사람의 치부를 본 것 같은 혐오감마저 든다. 이사 가느라고 바쁘고 고달파서였겠지만 내용물을 꺼내고 뜯어서 형체가 나타나지 않게 버리는 것이 베개 주인의 최소한 예의였으리라는 생각이다.

살 때에는 그 물건의 값을 준비하느라 이리저리 구하고 값도 깎고 여러 물건 중에 고르고 비교하고 갖은 사랑을 기울였던 물건들이 그렇게 매정하게도 주인 손을 벗어나는 순간 쓰레기가 된다는 그 한 가지 이유로 인해, 예쁘던 물건이 본래 예뻤던 만큼 더 흉물로 바뀌는 것이 묘한 일이다. 다행히 유명 기업체인 삼성인지라 적시에 쓰레기를 처리해 버리고, 그 육중한 포크레인이 덥석 파 올리며 정지한 땅은, 땅 본래의 기름진 검은 흙밭으로 보기에도 시원하고 친근하다. 손으로 쓰다듬고 싶은 구수한 흙냄새가 걸어가는 나를 즐겁게 한다.

물론 사람들이 생활하며 오염시킨 몇십 년의 흔적들은 그 땅속 깊숙이 숨어들어 과학적으로 검사를 하면 어떤 수치가 나올지 알 수 없는 일이지만……. '제발 우리 교회 주위가 이대로면 얼마나 시원할까' 하고 되지도 않는 공상을 해본다. 초겨울 북한산 봉우리가 맑은 하늘을 이고 우뚝 선 선명한 모습을 바라보는 저녁이면 넓은 택지는 아직 철거하지 않은 수은등 가로등 불빛 아래 마치 시골 들판을 걸어가는 풍요로운 정서에 젖게 한다.

편한 의식주 그리고 질 좋은 생활을 향해 사람들은 끊임없이 문화를 만들어내는 가운데 우리가 딛고 살아야 할 자연이 얼마나 오염되고 훼손되는가를 이 지역이 재건축되어 가는 과정에서 똑똑히 확인할 수 있었다. 30여 년 전 이 일대의 맑았던 대기는 어디 가고, 우리의 삶을 편하게 하는 그 많은 가전제품과 자동차 등에서 나오는 가스 등에 아무리 맑은 날이라도 뿌옇게 안개 낀 회색 하늘 아래에서 생활한다. 이제는 냉장고, 에어컨 없이는 살아갈 수 없는 현대인들, 문화는 사람이 만들어내면서 정작 그 문화에 길들여진 사람들은 그 문화가 우리 목을 조르는 치명적인 해악을 가져온다는 것을 잘 알면서도 그 문화에서 헤어날 수 없는 노예가 되어버리는 것이다. '제 꾀에 제가 넘어가는' 인간의 아이러니한 습성이 하염없이 무섭다고 생각하며, 이 임시 들판을 지나 교회로 향한다.

전체 협의회 – 여전도회 1년을 결산하는 총모임

약속시간 오전 11시가 지났는데도 예배실에 앉아 있는 사람들은 회장을 위시해서 정원의 반에도 못 미치는 10명 안팎이다. 늘 시간을 지키지 않는 동료들. 시간을 지키지 않는 습관은 우리가 버려야 할 폐습이다.

개회 예배 대표 기도자인 나의 기도는 너무 거창하였다는 것이 나 스스로의 생각이다. 범위를 너무 역사적, 범인류적으로 잡는 나의 공(公)기도다. 이곳저곳에서 "아멘, 아멘" 하고 공감을 표하는 목소리가 들리기는 했지만, 한 늙은이가 하는 우리 주변의 문제에서 너무 벗어난 기도는 교인들에게는 거부감을 준다. 폐회 기도자인 이혜경 권사의 기도 때 분위기와 비교해서 느낄 수 있었다. 다음부터는 우리 주변의 문제점을 더 절실히 해결하기 위한 구체적이고 친근한 기도를 하리라.

수필문학 강좌

오후 2시에 시작되는 수필교실에 늦을 것 같아 조바심내며 정류장에 서 있는데, 늘 타는 127번이 아닌 20-2번 버스가 와서 탔다. 127번보다 훨씬 빠르다. 그러나 나는 127번 버스의 코스가 너무 좋다. 숭미초등학교 고갯길을 넘어 방학동 아파트 단지를 가르며 간다.

낮은 야산의 버스길 양편에는 철 따라 야산이 주는 아담한 경관과 나무들의 삶을 엿볼 수 있다. 이른 봄의 흐드러진 금색 개나리, 하얀 아카시아의 꽃내음, 규모는 적으나 푸른 숲의 입김을 차창으로 호흡하면서 자연의 소중함을 늘 느끼게 하는 길이기 때문이다. 그 길목 입구에 3기의 망가진 분봉을 볼 때마다, '나 죽으면 저런 꼴로 사람들의 눈길을 찌푸리게 하지는 말아야지', '죽으면 화장을 해 달라고 유언해야지' 하고 생각한다. 오늘 127번을 탔으면, 푸른 상록수에 섞여 잎새를 떨구워가며 홀가분한 겨울을 준비하는 초겨울 나무의 모습에서 또 다른 지혜를 읽을 수 있었을 텐데…….

이제 구청에서 하는 무료강좌가 유료강좌에 들어간 지 첫 달째의 종강이다. 몇 분이 떡, 과자 등을 준비해온 수고로 인해 다과를 나누며 즐거운 담화를 나눈다. 즐거우나 슬프나 인간에게는 같이 먹으며 담화를 한다는 것이 무척 중요한 것임을 일깨워준다. 같은 먹거리를 가볍게 즐기는 그 일로 이미 공통적인 욕구가 충족되며, 또 나누는 담화가 서로 공감을 가져오면 더없이 즐겁다. 이견이 있을 때 그것을 이해하고 수용하는 과정에서 사람끼리의 이성을 통한 공유와 새로운 견해에 눈을 떠가는 자신의 성숙함을 인지한다. 개인과 공동체의 불가분의 관계로 풍요로움과 사랑이 즐겁기만 하다.

오늘의 작품 소개는 이ㅇㅇ 씨의 『비오는 날의 상념』이다. 예전에

작가가 써 두었던 작품이라는데, 우리나라 교육제도에 대해 어머니로서 느끼는 견해를 솔직하게 또 쉽게 공감할 수 있었던 것은 우리가 같은 학부모의 심정이기 때문일 것이다. 거창한 학술적인 교육문제 연구가 아니라, 어머니 입장에서 흔히 느끼는 잔잔한 애정과 함께 우리 모두에게 공감을 주는 것만으로도 좋은 작품임에 틀림없다. 부지런한 이 작가는 어머니뿐 아니라 대가족의 주부로서 며느리, 아내, 올케, 형수 등의 많은 역할을 애정을 갖고 다 해내는 한편 틈틈이 글쓰는 열의도 대단하여 여러 작품을 내어 점차 글 솜씨가 발전해 가는 것 같아서 부럽다.

점점 노쇠해가며 원래가 약골인 나는 글쓰는 작업이 힘에 겹다. 쓰고 싶은 주제는 이것저것 많은데 글쓰는 고통을 감당하기가 싫고 꾀가 나서 선뜻 펜을 들지 못한다. 일단 쓰기 시작하면 또 놀라운 박력으로 즐겁게 진행하는데 시작이 참으로 어렵다. 게으르고 사람이 성숙되지 못한 탓이리라. 그러나 읽는 것은 즐겁고 또 서로 글에 대한 대화를 나누는 이 시간은 더없이 즐겁다. 나의 늙음을 잊는 시간이다.

(2000년, 『도봉수필』 제2집에 발표)

화초를 들여놓으면서

내일은 영하로 떨어진다는 일기예보다. 영감은 그대로 두어도 된다는 것을 나는 벅벅 우기며 베란다의 화분들을 거실로 방으로 옮기느라고 기를 쓴다. 여름 내내 두어 평 남짓한 앞 베란다에서 작은 녹색의 장원(莊園)으로 우리 식구들을 즐겁게 해준 30개 남짓한 화분들이다. 들며 날 때 시야(視野)를 가리는 건너편 20층 아파트에 눈이 피곤해질 때 이 녹색의 화분들이 얼마나 우리 가족들을 어루만져 주었던가? 화분이래야 값나가는 것들은 아니고 몇 년 정성스레 가꾼 큰 고무나무와 소철 몇 그루에, '조란'은 사시사철 진초록 잎이 시원한 난의 일종이고, 잘 가꾸면 겨울에도 작고 귀여운 분홍 꽃을 피우는 '사랑꽃'이다. 나는 이 꽃이 좋아서 한 그루에서 번식시켜 지금처럼 되었다. 마치 내 손으로 받아낸 손주와 같이 이 화초들이 소중하고 귀엽다. 어릴 때부터 병적이리만치 나는 꽃을 좋아했다. 누구든 꽃을 싫어하는 이는 없겠지만 유난히도 화려한 나만의 꽃밭을 꿈꾸어왔다.

내 고향은 이북 문천군 영노리라는 군 소재지에서도 10리 정도 들어간 벽촌이다. 과일나무와 꽃나무가 많은 동네여서 집집마다 과일나무 한 그루쯤은 갖고 있었다. 1913년대에 이미 '문흥학교'라는 학교를 세우고, 또 문맹을 없앤다고 '야학'을 연 개화된 내 할아버지는 늘 "당대에 나무 천 그루를 심으면 자손대대에 잘살 수 있다"라고 말했다. 덕분에 나는 과일나무를 위시해서 갖가지 꽃나무로 둘러싸인 꿈같은 어린 날을 보냈다. 부엌 뒤 동북쪽 텃밭은 잎이 넓고 두터운 뽕나무밭이어서 5월부터 검붉은 '오디'의 다디단 맛에 입 범벅 코 범벅이 되었다. 서쪽 넓은 사과밭에서는 껍질이 두텁고 깨알 같은 흰 점이 밝힌 '국광(國光)'이라는 빨간 사과가 장삿속으로 기르는 것이 아니고 저절로 열려서 작긴 했지만, 새콤달콤한 그 사과를 가을부터 실컷 따 먹었다.

운동장 같이 널찍한 대문 밖 남쪽 마당에는 빙 둘러 큰 배나무가 위

세 당당했고 간간이 복숭아나무, 자두나무가 높은 담 구실을 했었다. 배는 지금의 배 빛깔인 누런빛이 아닌 투명한 연푸른빛으로 알이 작고 단맛은 덜하지만 물이 많고 살이 연하디연한 우리나라 재래종 배였다. 서리 맞으면 단맛이 도는 앙증스런 실배, 돌배나무들은 봄이면 구름 같은 꽃 대궐을 이루었다. 뒷동산을 마주한 북쪽 뒤란에는 큰 밤나무들이 뒷동산까지 퍼져 있었고, 우리 집 이북에서는 더는 자라지 못한다는 구멍 난 고목(古木) 감나무 한 그루와 그 감나무 사촌 격인 깜찍한 고욤나무까지 있어서 정월 눈 속에서 먹은 '홍시' 맛을 지금 이 나이까지 잊지 못한다.

그 많은 꽃나무들은 또 어떤가? 채송화, 봉숭아, 과꽃들은 딱히 심지 않아도 저절로 피고 지고 했다. 대문을 들어서면 네모반듯한 앞마당 한가운데에 섬 같은 꽃밭이 있었는데, 동네에서 우리 집에만 유일하게 있는 꽃을 우리는 '함박꽃' 이라 불렀지만, 이름은 '작약'으로 흰색, 분홍, 자주색의 하늘거리는 자태가 여왕과도 같이 거만스러웠다. 동네 사람들은 그 뿌리를 얻기 위해서 '호랑이 골집 영감' 에게 청을 넣었다. 할아버지는 부지런하고 신의 있는 사람을 골라 재배법을 일러주며 나누어 주었다. 이런 할아버지를 닮아서인지 커가면서 늘 작은 공간에 살면서도 나는 예쁜 꽃밭과 화려한 장미 정원 갖기를 무던히도 꿈꾸었다.

지금 이 집을 짓기 전에는 30평쯤 되는 마당에다 본래부터 있던 늙은 은행나무, 사철나무와 함께 라일락, 대추나무, 산다화, 사과나무 등 굵직한 나무를 빽빽이 심고 그 밑에 5월 하순이면 활짝 피는 빨간 줄장미를 여러 그루 심어서 우리 마당을 화려하게 수놓았었다. 지금까지 나의 역사 속에서 가장 정원다운 규모의 정원이었다. 이 집을 지으면서 그 아까운 나무들은 없어졌다. 그때 겨우 깨달은 것은 비싸고 까다로운 화초보다는 잘 퍼지고 기르기 쉬운 화초가 내 분수에 맞겠다는 생각이었다. 그리고 화려한 꽃만 무조건 좋아하던 안목에서 잎과 줄기가 주는 '녹색'의 신선함에 눈을 돌리게 되었다. 꽃은 화려하지만 정작 잎과 줄기의 녹색에서 생성되는 생명의 빛이 신비로워졌다.

갖가지 색깔의 꽃만 피어 있고 잎과 줄기의 녹색이 받쳐주지 않은 경우를 생각해보자. 아마도 색깔의 현란한 포만(飽滿)에서 오는 현기증으로 지쳐버릴 것이다. 꽃을 꽃다운 고운 색으로 피게 하는 것은 녹색의 줄기와 잎인 것을 깨달으며, 녹색 자체는 정작 꽃이 되지 못하는 겸손함과 모든 색깔을 승화시키는 수용성을 발견했다. 그래서 선택한 것이 '조란'과 '사랑꽃'이다. 사시사철 짙푸른 '조란'은 투명한 흰 뿌리를 매달고 태어난다. 대롱대롱 축 늘어진 단

단한 대에 애교있게 매달린 새끼 난을 따서 흙에 심으면 이내 성난
이 된다.

운치 있게 늘어진 짙푸른 잎이 더위에 지친 눈을 얼마나 시원케 하
고, 귀여운 꽃은 다닥다닥 매달려 소금을 뿌린 것 같이 일 년에 두어
번 핀다. 사랑꽃 역시 햇빛과 물만 적당히 주면 순한 아기 같이 서
절로 자란다. 통통히 얽힌 붉은 뿌리를 쪼개어 심으면 2, 3일 만에
꼿꼿이 머리를 세운다. 돌돌 녹두알만 한 크기의 것이 소옥소옥 소
복히 올라와 햇빛을 받으면 요술같이 넓은 세 잎으로 펴지고, 오목
오목한 꽃은 분홍가루를 뿌려놓은 것 같이 일제히 방실대다가 햇빛
이 걷치면 오무라져 풀이 죽은 모습이 여간 애잔하지가 않다. 그러
나 이런 잡초와 같이 억센 화초에도 삶에 수반되는 시련은 있게 마
련이다.

지난 여름 늦장마에 뿌리 가까이에 흰 고비 같은 진딧물이 생겨서
전멸하다시피 되었다. 몇 번이나 약을 치고 장마 사이사이 인색한
햇빛을 쏘이게 하는 내 노력과 끈질긴 그들의 생명력으로 결국 승
리했다. 늦장마가 걷히고 햇빛이 금빛같이 쏟아지는가 했더니 며
칠 밤사이 기적같이 푸른 무성한 잎 사이로 붉은 별이 일제히 방실

대는 것이 아닌가. 흰 레이스 커튼에 얼비치는 그 귀엽고 청신한 모습에 나는 어린애같이 탄성을 질렀었다.

아아! 이렇게 아름다울 수가 있을까! 나의 꽃이여!

영감 말마따나 이 화초들은 베란다에서 겨울을 나도 무방할 것이다. 그러나 나는 사람만 따뜻한 데서 겨울나기가 미안해서 고집을 부렸더니 좁은 우리 집 안이 온통 푸르름으로 일렁인다. 남창(南窓)으로 빛살져 쏟아지는 투명한 햇빛을 받으며 '아아 따뜻해. 고마워요!' 하고 반짝반짝 삶을 찬미하는 화초들의 속삭임 속에서 오랫동안 잊고 지내던 할아버지의 음성이 들려왔다. "종행아! 사람이나 화초나 생명은 귀한 것이다. 정성과 사랑을 쏟으면 그만큼 내게로 되돌아오는 법이란다. 그래서 사는 것은 즐거운 것이지."

(1998년 11월 씀. 2000년, 『도봉수필』 제2집에 발표)

열어주소서, 닫힌 것을

오랜만에 병원 청소를 했다. 간호사가 일이 있어서 고향에 내려갔기 때문이다. 자잘한 약병이며 기계, 샤알렛 등을 정성스레 가제로 닦고 정리한다. 잔손이 많이 가고 세심한 신경이 써지는 것이 보기와는 달리 여간 수고로운 것이 아니다. 자주 기물을 깨뜨리는 간호사의 처사도 이해가 되고, 제대로 청소와 정리 정돈하는 것이 아주 힘들다는 남편의 말을 이해할 수 있었다. 내 딴에는 거의 됐다 싶어서 둘러본다. 늘 오후에만 봐온 우리 병원에서의 분위기와는 달리 투명한 아침 햇살 속에서 정갈하고 아늑한 맛이 있어서 만족스럽다.

정면 하얀 약장에 눈이 갔다. 그곳에 먼지가 뿌연히 쌓여 있다. 앞뒤 생각 없이 문을 열고 약병이며 약갑을 주루루 쏟아내고 정리를 한다. 원래 어떻게 칸칸이 놓였는지 알 길 없어서 내 멋대로 들어 얹으니 어째 원래대로 맵시 있게 된 것 같지가 않다. 청소복 차림으로 한참을 돌아가고 있는데 젊은 여자 환자가 들어온다. 남편한테 전화를 하니 조반을 들었다며 의외로 빨리 나왔다. 남편이 진찰실 안을 한 바퀴 두루 살펴보더니 약장을 가리키며 제자리에 놓여 있지 않은 약병과 약갑을 고쳐놓으며 환자를 기다리게 한다. 나에게 "알지도 못하면서 가만히나 있지" 하고 소리를 지른 순간 얼마나 여자 환자 앞에서 모멸감을 느꼈는지 모른다.

내가 멋대로 올려놓았다고 치자. 그것이 환자 진료하는 데 그렇게도 지장이 있단 말인가. 그것이 그곳에 놓여 있으나 옮겨져 있으나 별 지장은 없어 보인다. 그 물건은 자기가 놓은 자리에 영구히 그곳에 있어야만 한다는 남편의 고집불통이 딱했다. 또 설사 내가 잘못했다 해도 환자 앞에서 그것도 아리따운 여자 환자 앞에서 나를 그렇게 윽박지를 수 있는지 영 자존심이 상하여 울고 싶었다. 그의 그런 습성을 알고 있는 나는 웬만한 일은 한 귀로 흘려 보내는데 오늘 아침만은 참을 수가 없었다.

가까운 가족에게 큰소리치는 것으로 자기의 권위를 돋보이게 하려는 허영심! 그런 것이 남편에게는 좀 있다. 결혼 초에 그런 것을 발견하고 '아차' 하고 고민했지만, 20년 같이 살면서 실제로는 경우에 따라, 또는 남편 심리 상태에 따라 아주 가끔 일어난다는 것을 알았다. 그럭저럭 조절하며 지금까지 지내왔는데 오늘 아침에는 경우가 다르다. 예쁜 여자 환자에 대한 나의 콤플렉스가 나를 가만 두지 않았다. 그래서 그만 "이렇게 놓거나 저렇게 놓으면 당신 진찰하는 데 효율성이 떨어지나요?" 하고 말대답을 해버렸다. 대합실에서 기다리던 여자 환자의 표정은 어떠하였을까? 아마도 그 남편에 그 아내라고 비웃었을 것 같다. 문을 꽝 닫고 쏜살같이 집으로 들어왔다.

우리 부부는 참으로 이상하리만치 성격이 판이하다. 영감은 혈액형이 A형으로 내성적이고, 고집불통이라 할 만큼 세밀하고 꼼꼼하기 이를 데 없다. 정리정돈을 기가 막히게 잘한다. 그의 손이 닿기만 하면 규격이 맞춤같이 정연하다. 나는 B형으로 무슨 일을 할라치면 있는 대로 늘어놓는, 영 정리를 못하는 개방된 성격이다. 남편은 자기가 놓은 물건이 그 자리에 있어야만 되고 좀 위치가 바뀌어도 야단을 친다. 신혼 초에는 그런 남편에게 목을 죄이는 것 같은 답답함을 느껴서 가급적 그가 손댄 것은 그대로 두고 지내왔다. 남편은 늘 "여자가 어찌 그리 산만하고 게으르냐?"라며 "밤중에 불이 나가도 어디에 무엇이 있다는 것쯤은 알 수 있게 정돈을 해놓아야지" 하고 나를 교육시키고자 한다.

나는 나대로 하는 것이 편하고 그에게 맞춰가는 것이 여간 힘든 것이 아니다. 그렇다고 남편이 강력히 자기주장을 펴면 죽기 살기로 나도 따라 가련만 그렇지도 못하고, 내가 또 내 주장이 강해서 남편을 내게 맞추는 파워가 있는 여자도 아니니, 남편은 남편대로고 나는 나대로다. 우리 부부는 이런 일로 늘 티격태격한다. 크게 서로에게 불만은 없으며 이런 일로 인해 결혼 20여 년이 오늘까지 영원한 평행선이다. 그 평행선이 만나는 점은 몇 년 더 같이 살아야 올 것인가. 아득하기만 하다. 대충대충 넘어가는 나와 꼼꼼히 따져야 직성이 풀리는 남편은 서로가 어느 한계를 긋고 체념하고 마음 문을 닫고 살아간다.

열어주소서 닫힌 것을
일생을 다하여
겨우 노크 몇 점을……
―고은(高銀)의 시 중에서

우리 부부의 마음이 열리는 시점이 언제쯤일까. 밀도 있는 대화로 풀려고 시도해본 적도 여러 번 있었다. 허나 그것이 그렇게 쉽지 않은 가운데 세월만 흘러간다. 사람과 사람 사이의 불가사의한 심리 상태, 일상의 번거로움에 파묻혀 정작 귀하고 요긴한 영적 교류를 놓쳐버린 부부생활이 아쉽기만 하다.

"두드려라. 그러면 열릴 것이다." 마태복음 7장 7절에 있는 말씀이다. 주님을 믿는 우리 부부이니 두드리는 작업, 일생을 통한 노크 몇 점의 행위의 필요성만은 공유하는 우리 부부이다. 머지않아 성실히 상대방 문을 노크하는 겸손함을 실천하는 날이 반드시 올 것이다. 세상에는 두드리는 작업, 노크하는 몇 점이 필요한 것마저 못 느끼며 살아가는 부부들도 많을 텐데, 그래도 그 단계까지 이른 것을 다행으로 생각하고 위안을 삼아본다.

(1967년 2월 11일, 토요일, 일기에서. 2001년, 『도봉수필』 제3집에 발표)

다음 페이지─돈암동 치과병원에서의 남편 유길형의 젊은 시절 모습

옛날은 남는 것

며칠 후면 미국 큰아들이 있는 샌프란시스코를 다녀올 언니가 선물로 건어물을 사겠다며 중부시장에 있는 '흥남집(오장동 냉면집)'에서 정오 12시에 만나자고 한다. 한데 승희(큰딸) 맏동서가 치과 치료를 하려고 10시경 우리 집을 찾아왔다. 나의 솜씨인 정향차를 달이는데 설탕은 넣지 말란다. 당뇨가 오래전부터 있다고 한다. 65세 이 늙은 며느리는 칠남매의 맏이로서 86세 노환의 시모님을 모시고 40여 년의 시집살이를 해온 분이다. 괴팍스러운 시모님의 억지를 나도 본 적이 있었다.

"참 대단하시네요."

나의 인사치레에 그녀는 말한다.

"아니에요. 이제는 많이 기력이 쇠하셔서 어린애 같답니다. 돌아가실 날도 멀지 않은 것 같아요. 젊어서는 내 신세를 한탄한 적도 많았지요. 이번에 시아버님이 돌아가시니까 집 안이 텅 빈 것 같이 허전해요."

놀라운 일이다. '시' 자 붙은 말만 들어도 도망간다는 요즈음 신식 며느리들에게도 한집에서 오래오래 같이 살다보면 미운 정 고운 정이 겹겹이 쌓여 핏줄 이상의 사랑으로 승화되는 것일까? 사랑은 함께 생활하는 잦은 접촉을 통한 현실적 상황 속에서만 더 두터워지는가 보다. 그래서 우리나라 속담인 '이웃사촌' 이란 기막힌 말도 생겨나는가.

수유역에 있는 '송도약국' 에서 언니가 부탁한 '가다린' 안약과 그 옆의 '아멘서적' 에서 이 박사에게 줄 가죽 성경책을 사가지고 6번 버스에 올랐다. 우이동에서 출발하여 퇴계로를 돌아 우이동으로 다시 되돌아오는 이 버스는 언제나 사람이 별로 많지 않아서 마음 탁 놓고 자가용처럼 이용하는 버스다. 존 것도 아닌데 중구청 정류장을 지나쳐버렸다. 봄기운이 도는 밝은 햇살을 받으며 차창 밖에서는 제각기 생활을 영위하는 군상들의 움직임이 부산스럽다. 넋을 잃고 바라보던 나는 깜짝 놀랐다. 퇴계로 코너의 '샘표간장 서울공장' 이라는 간판이 눈에 들어와서다.

아아! 그 공장의 초대 회장 박기희 씨는 친정아버지의 절친한 친구였다. 친정아버지의 분위기와 비슷한 그분의 생전 모습과 아버지의 모습을 그려본다. 아버지 회갑 때에 성공한 기업인으로서 호화스러운 꽃다발을 보내주어서 친정아버지가 얼마나 자랑스러워 했던가. '이제 그 아버지가 돌아가실 때보다 더 늙어버린 이 셋째 종행이가 팔순이 지난 당신의 큰딸 종희를 만나러 이렇게 갑니다' 하고 가슴속의 아버지께 속삭여 본다.

"야아. 나도 방금 왔다. 졸다가 두 정류장이나 지나쳐서 걸어서 왔더니 다리가 아프다." 못 본 사이 더 늙고 작아지신 언니의 음성만은 찌렁찌렁하다. 이곳저곳에서 냉면 먹던 손님들이 우리 자매를 지켜본다. 우리는 아랑곳하지 않고 반가워서 더 높아진 목소리로 언니는 국물국수, 나는 '세끼미' 를 주문했다.
이 냉면집은 이북 흥남에서 월남한 주인 할머니가 맛으로 승부하여 유명해진 냉면집이다. 그 할머니가 돌아가시고 카운터에 앉은 머

느리 머리에도 하얀 서리가 앉았다. 그 며느리는 우리를 알아보고
예전에 주인 할머니가 우리에게 한 대로 "사리 하나씩 더 드시겠어
요?" 하고 덤을 주려고 한다.

우리 자매는 그 덤이 필요치 않게 식사량도 줄어버렸다. 냉면 맛도
우리 자매가 벼르고 별러서 몇 달 만에 맛보는 맛치고는 별로다. 그
질기고 맵고 찡하고 콕 쏘는 함경도 고향 맛이 아니다. 이 집의 냉
면 맛이 변질된 건지 우리 늙은 자매의 미각이 변한 것인지, 그 옛날
고향집에서 한겨울 추위 속에서 먹던 냉면 얘기가 꽃을 피운다. 덜
덜 떨면서 그 차가운 냉면 육수를 들이마시고는 아랫목에 깔린 이
부자리에 나란히 종다리를 묻고 몸싸움하였지.

20세의 큰언니는 5살 아래인 둘째 언니를 제쳐놓고 9살 아래인 나
를 편애하였다. 둘째 언니는 활달한 큰언니와 그 언니를 닮은 나와
는 많이 달랐다. 제일 얌전하고 예쁘고 사교적이었다. 그래서 엄마
의 살림도 잘 도와주고 고자질도 잘했는데 그래서 큰언니가 나를
예뻐했나 보다.

"야! 그때 시쳇말로 나와 네가 둘째를 왕따시켰지 뭐냐." 49세에
타계한 우아하던 둘째 언니의 모습은 그 젊음 그대로 우리들 가슴

속에 각인되어 있으니, 너무 일찍 타계한 억울함을 상쇄했다고나 할까? 지금 살아있다면 아마도 제일 기품있는 미소로, 귀여운 우스개 소리로 우리들이 더 즐거울 텐데…….

"언니, 박인환이라는 유명한 시인이 이렇게 읊었어요. '사랑은 가고 옛날은 남는 것' 이라고, 그 대목을 나는 이렇게 고쳐보고 싶어. '세월은 가고 옛날은 남는 것' 이라고" 하니 늙은 언니의 얼굴이 금세 해맑아지며, "참 그렇다. 내 동생은 참으로 재주꾼이야"라고 한다. 둘이 신이 나서 법석을 떠니 옆 사람들도 귀담아듣는 눈치였다.

(1997년 2월 11일, 화요일, 일기에서. 2001년, 『도봉수필』 제3집에 발표)

다음 페이지-언니 종희 여사의 큰아들이 미국 버클리대학(University of California at Berkeley)의 교수로 있기에 일 년에 한두 달씩 미국 아들집에 가 계셨다. 나도 미국에 큰딸이 있어 수 차례 미국을 갔다. 버클리 건너 샌프란시스코에서 언니 종희 여사와 함께

인간이 가진 최선의 무기는 사랑

기가 막히도록 쨍하게 해 뜬 날이다. 병상에 누워서 느긋이 큰 창 너머 밖을 내다본다. 큰 차, 작은 차, 우람한 작업용 차들이 시커먼 아스팔트 위를 어지럽게 굴러간다. 차의 홍수다. 그것들이 뱉은 검은 가스와 금속성 소음이 길 옆에 도열해 있는 가로수 은행나무를 압박한다. 4월 중순의 무르익은 봄 입김으로 은행나무 잎들은 그 속에서도 연둣빛 잎을 안개와 같이 아련하게 피어내고 있다. 맑은 날씨인데도 하늘은 엷은 회색으로 밝지 못한 표정이다. 가로수도 사람들도 문명의 찌꺼기에 찌들어가고 있다.

8인실인 이 병실은 언제나 환자와 보호자와 문병 온 사람들로 북새

통이다. 환자의 정신 안정, 스트레스는 안중에도 없다. 그것은 8명 환자 중 7명이 교통사고 환자니 사고 부위에만 신경을 쓰고 여타 환자의 심리상태까지는 관심의 여지가 없다. 병원 아닌, 마치 무슨 수용소 같다. 우스갯소리 잘하여 우리 기분을 돋아주던 보험설계사인 노연희 여사가 퇴원한 자리에는 쉴 새도 없이 9살짜리 다친 소년이 들어왔다. 외갓집 식구가 총동원되고 엄마가 시녀처럼 따라다니며 간호를 하나, 부목을 달고 친친 붕대를 감은 다친 다리가 안쓰럽다. 저런 어린 생명까지 다치게 하는 차가 장애인을 다량으로 양산해내는 괴물 같아서 징그럽다.

사고를 당한 지 한 달 보름, 며칠 전에 깁스를 떼낸 왼발에 덕지적지 비늘 같은 표피가 덮여 있고 성한 오른쪽 다리보다 완연히 가늘어져 있다. 깁스를 떼면, 좀 가벼울 줄 알았는데 이루 말 못하게 천근만근같이 무겁다. 어느 세월에 옛 성한 다리로 복구될 것인가. 영영 불가능할지도 모를 일이다. 웬만하면 보험회사와 합의를 보고 퇴원하고 싶은데 늙어서 생산능력을 인정해주지 않아서 보상금이란 것이 거의 없다. 철저한 치료를 해준다고는 하나 깁스해 주고 아프면 진통제 내복약과 주사를 놔주는 것이 정기적 치료다. 늙은 것도 서러운데 사람대접을 해주지 않는 보험회사의 처사가 가증스럽다. 젊은 장정들이야 원상회복도 빠르고 상태도 완전하겠지만,

60

늙은이들 부상은 아무리 철저히 치료한다 해도 완전 회복은 불가능하니, 오히려 늙은이들에게 더 많은 보상을 해줘야 마땅치 않는가. 교통사고를 당하면 아무리 철저한 보상을 해준다고 해도 당한 사람만 억울한 법이다.

건너편 베드에 있는 도무지 운신을 못하는 박 여사가 급히 보호자인 외아들을 불러댄다. 용변을 하려는가 보다. 얼굴이 붉은 건장한 그의 아들은 재빨리 복도에 나가서 가리개를 가져온다. 지척지척 환자의 옷을 걷어 올리고 스테인레스 용변기를 들이민다 했더니 병실 가득히 악취가 풍긴다. 휠체어를 타고 목발과 지팡이를 짚고 입구를 빠져나가는 이웃 환자 모습들이 가관이다. 나도 11시가 물리치료 받을 시간이라 재빨리 2층 물리치료실로 목발을 짚고 나갔다.

물리치료를 받고 올라오니 박세협 과장이 회진을 왔다. 이 병원 의사들은 이름난 의사는 아니지만 아주 서민적이고 스스럼없이 환자를 대해줘서 좋다. 특히 박세협 선생은 40중반의 이웃아저씨같이 소탈하여 친근감이 간다. 병원의 위생 상태도 그렇고, 녹지대가 전혀 없는 삭막한 병원 시설이지만, 의료진만은 권위의식 없이 환자들을 대해주니 고맙다.

부원장인 아직 50대로 보이는 여의사가 매일같이 나와서 회진을 해주며 환자의 불편 상황을 물어주니 고맙다. 위치적으로 수유사 거리 한복판에 있어서 밤낮으로 차의 소음을 듣고, 배기가스를 마시고, 육체가 거덜 나 마음까지도 상하여 민망스런 인간의 취약성을 자주 목격하지만, 의료진의 애쓰는 모습으로 위로를 받는다.

"할머니는 누워만 계시지 말고, 복도를 왔다 갔다 하시는 운동과 베드에서 발을 굽혔다 펴는 운동을 50회 이상 하세요."
"언제 저 퇴원할 수 있어요?"
"글쎄요. 할머니는 제 말을 잘 들어주셔서 책도 읽으시고, 찬송가도 부르시고, 음악도 이어폰으로 잘 듣고 하시니, 인차 퇴원하실 거예요. 지쳐서 무력해지면 상처보다 딴 병이 생긴다니까요."

내 쪽에서 세 번째 베드의 젊은 아가씨(고등학생)한테 남녀 친구들 5, 6명이 꽃이며 케이크 등을 갖고 와자지껄 들어온다. 옆에 누워 있는 정 할머니가 베드를 쳤다며 "어지러워, 어지러워" 하니 평상시에는 말없던 그녀의 신음소리에 떠들던 학생들도 멈칫한다. 생활보호 대상자라는 이 할머니는 무상으로 치료받는 처진데, 식사 때마다 찬을 타박하고 간호사가 자기에게 관심을 안 갖는다고 투정이다.

"할머니! 할머니는 웬만한 것은 참으세요. 그저 이 정도로 대우해 주는 것도 감사하다고 생각해요." 그녀에게 교회에 나가자고 권하면, 그녀는 "전에 교회에 나가 보았노라"라고 말하면서 은근히 교회 나가는 사람들을 비방하니 마음이 닫혀도 굳게 닫힌 할머니다. 어느덧 오늘 하루도 저물고 있다. 영감도 딸들도 친구들도 봄에 취해서 나를 잊었는가. 찾아오는 이 없어 쓸쓸하다. 이곳저곳에서 어두워지니까 신음소리가 들려온다. 밤에는 상처가 도져서 더 아픈 것이다. 이 환자들이 밤에는 안식을 취해야 할 텐데 이 병실 밖의 밤거리는 너무나 현란하고 요사스럽다. 마주뵈는 길 건너 큰 건물의 벽들을 빼곡이 채우고 있는 네온간판의 색색의 광선과 질주하는 차들의 앞뒤에서 번쩍이는 불빛이 짙게 화장하고 유혹하는 밤거리 여성 같다. 불야성은 오전 5시경에야 불이 꺼진다. 그중에서도 바로 6층 건물 맨 아래층의 횟집 간판에 있는 물고기 모습이 재미있고도 우습다. 그 고기는 빨강, 파랑 빛깔에 선모양의 꼬리 부분이 상하로 올라갔다 내려왔다 하며 아양을 떨어 식도락가들을 유인하는 것 같다. 그만 그 광경이 보기 싫어서 커튼을 치니 입구 쪽에서 죽은 듯 누워 있는 중환자인 아주머니가 "더워 죽겠어요. 커튼 열고 창문 열어줘요"라며 입만은 살아서 날카로운 목소리다. 가장 창가에 있는 나는 감기 기운이 있어 으슬으슬 한기를 느끼고, 현란한 불빛이 새어들어 잠도 못 자는데. 어쩌랴. 그녀보다는 그래도 내가 경환자이니 참을 수밖에……

옷걸이에서 옷을 내려 겹겹이 껴입고 담요를 머리까지 뒤집어쓰고 잠을 청해본다. 불편한 몸들이라 제 생각만 하고 자주 흉하게 싸우는 이 병실의 환자들이지만 결정적인 순간에는 신기하게도 맘이 하나로 뭉쳐 위로하고 서로 돕는다. 그래서 참으로 인간은 천한 것 같으면서도 고귀한 존재다.

"사람이 무엇이관대 천사보다 못하게 하시고 영화의 관을 씌우시니까."
"그 말씀이 진실이다."
—『시편』 8편 8절

누워서 똥 싸고 오줌 싸는 치부도 가려주고, 감싸주고 참아주는 아름다운 한시적인 공동체가 형성되어 이곳에 있는 동안만은 끈끈한 유대감으로 결속되어진다. 사람이란 참으로 모순 덩어리의 묘한

생명체이다. 하느님께서 연약한 인간에게 사랑이란 작지만 최선의
무기를 주셔서 서로 생명을 유지시켜 가는가보다.

(2001년 4월 17일 화요일, 병상일기에서. 2001년, 『도봉수필』 제3집에 발표)

다음 페이지―1960년 경, 덕수궁에서 셋째 딸 유승채와 넷째 딸 유승인와 함께

사랑꽃

동대문, 이대병원 신경내과실. 영감과 막내딸, 며느리가 나를 에워싸고 과장님이 내 MRI 뇌 사진을 설명하고 있다. 추석 전부터 든 감기는 오늘까지도 낫지 않고 기어이 귀가 들리지 않게 되어 그저께 MRI를 촬영하고 오늘 결과를 상담한다. 징그러운 뇌 사진을 짚으면서 설명하시는 박과장님의 작은 음성이 전혀 들리지 않아서 딸, 며느리 눈치만 본다. 다행히 뇌의 큰 혈관은 이상이 없으나 작은 혈관이 좁혀져서 귀가 안 들리는 상태가 일시적 현상이 아니고 오래갈지도 모른다는 진단 결과이다. 시험적으로 일주일분 약을 적은 처방전을 주신다. 대합실에 나오니 나와 같은 연배의 남녀 노인들이 예쁜 며느린가 딸인가를 동반하고 대기하고 앉았는데 아주

판 박은 듯한 모자(母子)가 눈길을 끈다. 넓적한 얼굴에 유순하게 생긴 할머니를 똑같은 모습의 중년(中年)의 아들이 부축하고 있다. 마음이 울적한 중에도 나는 미소가 저절로 나왔다. 사랑이 흐르고 있는 시월의 투명한 햇살이 무척 따뜻했다. 나 한 사람에게 영감과 작지만 야무진 내 어린 며느리, 훤출한 키의 막내딸을 대동한 나는 몸이 불편하지만 어쩐지 행복하다. 응급실에서 영양주사를 다섯 시간 동안 맞으면서 생각했다.

나는 오래전부터 작은 베란다에 나만의 꽃밭을 갖고 있다. 주로 사랑꽃이라는 꽃나무를 번식시켜서 만든 50여 개 화분과 항시 푸르른 조란이란 난이 몇 개다. 아침, 저녁 나절 베란다에 꼭 두 번씩 나가 이들을 돌본다.

사랑꽃은 잎새 자체가 하트 모양으로 생겼고, 뿌리로 번식하는 생명력이 강한 귀여운 화초다. 초록 하트 모양 세 잎에 짙은 다섯 잎 진분홍 꽃이 한 줄기에 다닥다닥 붙은 귀여운 화초다. 흰 꽃도 같은 생김새로 깨끗하고 순박하다. 자주색 세모꼴의 넓은 잎새로 보라색 큰 꽃을 피우는 종류도 우아하다. 지금쯤 투명한 가을 햇살이 기분 좋은 듯 작은 꽃들이 일제히 별과 같이 방실거리고 있겠지.

사랑은 생명을 이어가는 원동력이며 이 세상을 보전하는 근본이다. 하트 모양의 잎새가 절로 사랑을 유발하는 이 꽃을 어떤 사랑에 매료된 식물학자가 탄생시켰는지 절로 웃음이 나온다. 사랑의 종류에도 여러 가지가 있다. 무조건의 아가페 사랑, 남녀 사이의 에로스 사랑, 혈족의 사랑, 친구 간의 우애로운 사랑, 이웃 간의 사랑. 사랑꽃은 이런 사랑의 의미를 말없이 가르쳐준다. 햇빛 받게 하고 물 주고 시든 가지 제거해 주고 관심 주는 만치 뿌리 근처에서 돌돌 녹두알같이 말린 새싹이 쉼 없이 고개를 내민다. 사랑은 끊임없이 이어져야 한다는 깨달음을 준다.

영감의 나에 대한 사랑을 생각해 본다. 이성 간의 사랑으로 만났으니 에로스 사랑이라. 진분홍 꽃이어야 할 텐데 어쩐지 반백 년을 같이한 지금의 상태로는 에로의 진분홍 사랑꽃으로 견주고 싶지 않다. 이제 서로를 측은히 여기는 동반자로서 때로는 둘이면서도 하나가 되어가는 외로운 우리 내외의 사랑은 흰 사랑꽃이어야 맞을 것 같다. 사랑이란 말 아닌, 분홍이 바래서 하얗게 정진된 '정' 과 같은 흰 사랑꽃 말이다. 좀 쓸쓸하지만 '믿음' 이라는 순박함 고귀함이 영감과의 사랑일 것이다.

내가 가장 좋아하는 꽃밭의 '여왕' 은 당연 진분홍 사랑꽃 내 딸들
이다. 딸이 없어 늘 나를 부러워하시던 언니를 생각하면 딸 하나도
아닌 넷을 두었으니 나의 가슴 속은 절로 진분홍 사랑꽃이 만발한
다. 어미에게 순종하며 제각기 가정 잘 이끌어가는 내 딸들 그 사랑
이 흘러넘친다. 손자, 손녀들! 시든 내 몸 안에서 진분홍 사랑이 흘
러넘친다. 어찌 한 부모에서 태어났는데 생김새, 성격, 능력이 제
각기인지, 인간 한 사람의 다양성에 경이로움을 느끼며 그들로 인
해 사는 보람을 찾는다.

작은 체구의 야무진 우리 며느리와 아들은 나에게 환상적인 존재
다. 진자주색의 넓은 잎 사이로 투명한 굵은 꽃대 속의 연보라꽃이
나의 꺼지지 않는 희망 그 자체다. 늦둥이로 태어나 부모의 속 썩이
지 않고 30대 전반인 나의 아들, 사랑꽃 중에 탐스러운 엷은 보라
색 사랑꽃이다. 물을 너무 많이 주면 줄기가 물러버리는 허약함이
약점이다. 불면 날세라 가장 내가 정성을 기울이는 하나 밖에 없는
나의 꽃밭의 보라색 사랑꽃! 나를 염려하여 주사 맞는 다섯 시간 내
내 내 침상을 지켜준 며느리 모습이 대견하고도 가슴 뿌듯하다. 아
들 부부의 나에 대한 사랑은 마치 보라꽃 사랑처럼 아련하고도 신
비하다. 그저 나는 그들을 감싸주고 보호해주고 싶다. 조건 없이

사랑하시는 하나님의 사랑을 내가 아들 내외에게 주는 사랑으로 이해해 본다.

문득 내 꽃밭의 '여왕'인 진분홍꽃의 사랑법이 떠오른다. 분홍인 제 색깔만 고집하고 제 인자(因子)를 나누는 행위를 하지 않았다면 내 꽃밭에는 순고한 흰 꽃, 우아한 보라꽃은 없는 단조로운 꽃밭이 되어 있을 것이다. 사랑은 나누어야 비로소 더 풍요롭고 아름다워진다는 속성과 자기 것을 나눈다는 희생 없이는 결코 은총이 될 수 없다는 속성을 내 사랑꽃은 가르쳐준다.

주사약도 거의 다 되어간다. 아침에 급하게 나오느라고 꽃들에게 물을 주지 않은 것이 생각났다. 빨리 달려가 고개숙인 그들에게 물을 줘야지. 나는 갑자기 마음이 바빠지며 몸에 생기가 돋는 것을 느꼈다.

(2004년, 『도봉수필』 제6집에 발표)

다음 페이지—경성여전 동창회에서 대학 동창들과 함께

노인대학의 소풍

굽이굽이 산(山)을 가르는 차창(車窓) 너머 가을의 소양댐의 이모 저모가 눈을 즐겁게 한다. 댐의 전경(全景)이 한눈에 들어오는 전 망대에 차가 멎었다. 달리는 차 속 내내 우리들에게 간식을 나누어 주며 살펴주던 도우미 두 사람이, 내리는 우리들의 손을 잡아준다. 따뜻한 젊은 피가 우리 손에 전해온다. 멀쩡한 동료들도 시침을 떼 며 기우뚱하고 그들에게 매달린다. 도우미의 마음에 봉사하는 즐 거움도 안겨줄 줄 아는 속내 깊은 우리들이다.

추색(秋色)으로 물들어가는 아름다운 산봉우리들에 둘러싸여 저 아늑한 곳에 소양댐은 깊은 침묵으로 누워 있었다. 잿빛 하늘을 우러러, 같은 빛인 호수는 왠지 슬픈 표정이었다. 난간을 잡고 삼삼오오 호수를 내려다보는 동료들의 복장은 형형색색 화려했다. 굽은 등, 왜소한 몸매, 절뚝거리는 걸음걸이, 그들은 하나같이 말이 없다. 무덤덤한 표정은 어쩌면 그렇게도 저 호수의 표정을 닮았을까? 그 흔한 기념사진 한 컷 찍는 법석도 없는 소풍 풍경이다.

이제는 전설(傳說)이 되어버린 저 호수 깊은 곳에 수몰된 옛 우리네 고향에 대한 그리움 때문인지 아니면 흐린 가을 날씨에서 오는 늙은이들의 서글픔 때문인지 알 수가 없다. 새로운 것은 옛것의 희생 위에 이루어지는 것이 세상 이치다. 사랑하는 사람과의 죽음의 이별도 감당해야 하는 질긴 우리네 인생살이가 아니던가. 하긴 우리 세대들은 자기감정을 잘 표현 못하는 사람들이다. 살기 위해 아등바등하다 보니 삶을 누릴 줄 몰랐다. 시집살이와 많은 자식을 거느린 대가족 속에서 참고 견디는 사람은 나 밖에 더 있겠는가. 나의 인고와 복종 속에 가정이 유지되었으니, 나를 표현할 줄도 모르고 또 표현해서는 안 되는 삶이었다. 그래서 무덤덤한 사람이 되었고, 정서가 메말라버린 굳은 사람이 되어버렸다. 요즘 젊은 여성들에게 그런 바보스러운 삶이 어디 있는가. 모두들 자기표현에 능하고 자기주장이 분명하다. 그렇다. 우리들도 바보처럼 살았다고,

어리석었다고 한때는 그렇게 생각했다. 그러나 곰곰이 생각건대 나를 포기하는 복종과 인내 말고 또 무슨 뾰족한 다른 길이라도 있었겠는가. 그 길이야말로 우리들에게 가장 만만하고 손쉬운 유일한 길이었으므로 우리들 세대는 다 하나같이 그렇게 살아왔고 지금 와서 생각하니 그 길이야말로 가장 지혜로운 길이었음을 깊이 깨닫는다.

"모난 돌이 정 맞는다"라는 말이 있다. 요즘 가정 해체가 심해져서 사회 문제가 되는 것을 보며 비로소 깨달은 것이다. 한 인간으로서는 실패했지만 여자로서 어머니로서는 결코 실패하지 않은 삶이라고 자부하고 싶다.

기다리던 점심시간이다. 3대의 차에서 내린 150명 가까운 노인들이 예스러운 큰 기와집 식당에 모이니 장관이다. 먹음직스러운 춘천(春川)의 특산 메뉴, 닭갈비와 쟁반냉면이다. 그런데 날씨 탓인지 냉면을 무척 좋아하는 나 자신도 따뜻한 국밥이었으면 싶었다. 옆에 앉은 미국에서 온 L여사가 종업원에게 귓속말로 공깃밥을 청해서 상에 놓인 열무김치에 '쓱쓱' 비벼 먹고는 "이제야 점심 먹은 것 같다" 하니 주위 노인들이 눈치껏 같은 행동을 한다. 공짜로 먹는 주제에 이런 억지도 노인들이니까 용납되나 보다. 옛 어른들이 흔히 "늙으면 밥심으로 산다"라고 하더니 말이다.

커피 한 잔을 받아 넓은 마당으로 나가니 군데군데 놓여 있는 벤치는 머리 허연 남학생들이 다 차지하고, 여학생인 우리들에게 양보할 줄도 모른다. 나는 속으로 '당신네들은 그래도 세월 잘 타고 난 줄 아시오. 우리들이니까 가만히 있지, 젊은 여자들이면 어림 반푼도 없을 것이오' 라고 생각했다. 문득 요즘 똑똑한 여자들에게 기죽어 사는 우리의 아들들이 생각났다. 요즘 여자들은 '슈퍼우먼'이다. 능력이 남성을 앞서는 그들은 결혼도 필수 아닌 선택으로 삼고 일의 성취를 지상 목표로 삼는다. 생명을 낳는 피조물로 지음 받은 그들이 생명을 낳는 환희의 신비도 경험하지 못하는 것은 인간으로서의 성공 여부를 떠나 창조의 질서에도 어긋나는 안타까운 일이라고 나는 생각한다. 남성을 역사의 주인공으로 내세우며, 여성은 최상의 어머니로 남는 것이 평화로운 사회를 위해서도 가장 순리가 아닐까 하는 나의 고루한 생각이다. 물론 비상한 능력의 여성은 예외지만 말이다.

배를 타고 호수를 왕래했다. 고요하고 잠잠하던, 그리 넓게 뵈지 않던 호수가 찡한 냉기를 품고 철썩거리는 물살 따라 광활한 생명력으로 역동적으로 밀려온다. '어머, 무서워라.', '저 산 참 예쁘다.' 무덤덤하던 그들의 표정에도 어떤 움직임이 일렁인다. 잠자는 호수에 침묵을 흔드는 바람이 일면 천지를 뒤흔드는 경랑으로 변하겠지. 마치 순하디순한 이 늙은 어머니들이 자식을 위해서라면 물불을 가리지 않고 무서운 에너지를 발휘하는 것과 같을 것이다. 호수를 휘돌아 보며 동양 제일의 규모라는 이 소양댐의 역사(歷史)를 생각해 보았다. 비록 인공으로 이뤄진 자연이지만 너무나 단아하고 이제 자연 본연으로 굳어진 모습이 우리 아들들의 작품이라는 데 마음이 흐뭇해졌다. 자연은 그지없지만, 그 자연을 다스리고 보전하는 것은 인간의 능력이며 그런 인간을 낳고 기르는 이는 우리들 어머니가 아니겠는가.

문득 다음 같은 이야기가 생각났다. "하나님께서 너무너무 바쁘셔서 일일이 해결 못 하는 일들을 대신 맡기시기 위해 이 땅에 어머니들을 보내셨다." 어머니들의 작은 희생에 최상의 보상을 안겨 주는, 이 얼마나 빛나는 말인가. 이 소풍도 노인네들에게 치하하는 선물이거니 생각하니 절로 감사하는 마음이 뱃길 따라 물결치며 흘러가고 있었다. 돌아오는 자창 너머 잿빛 구름을 헤치고 두둥실 황혼의

태양이 얼굴을 내밀었다. 그 태양은 정오(正午)의 작열하는 찬란한
빛은 아니었지만 오렌지색의 부드러운 심히 따뜻한 빛이었다.

(2006년, 『도봉수필』 제8집에 발표)

설거지와 주부

나는 지금 설거지를 하고 있다. 아침, 낮, 저녁. 하루도 어김없이 세 번의 설거지를 한다. "휴우!" 하고 한숨이 나온다. 문득 지금까지 내가 해온 설거지 횟수가 궁금해진다. 올해로 52년째 계속되는 주부 경력이다. 그러니까 $365 \times 3 \times 52 = 56,940$회란 계산이다. 한때는 부엌일 하는 사람을 두고 살았었고 딸들이 장성해서는 많이 도와주었다. 한 달에 몇 번씩의 외식도 하였으니 우수리 숫자는 잘라 버린다 해도 5만이란 횟수가 된다. 얼마나 많은 손놀림이냐. 쭈글쭈글 핏줄이 돋아난 늙은 내 손을 쓰다듬는다.

주부들이 제일 싫어하는 가사일 중 하나가 설거지다. 나도 신혼 초부터 몹시 하기 싫어 짜증을 냈다. 요란스런 설거지 소리가 안방 시부모님 귀에까지 들렸는지 시어머님께서 숟가락과 젓가락을 먼저 씻고 나서 다른 그릇들을 씻으라고 일러 주셨건만 그저 습관적으로 마지못해 했으니, 아무리 양(量)적인 경력을 내세워 봤자 그때나 지금이나 구태의연(舊態依然)할 뿐이다.

어찌 설거지뿐이겠는가? 빨랫거리, 먹거리, 청소 등 살림살이가 이루 헤아릴 수 없이 쌓인다. 어제 밤늦게까지 다 끝내고 잠자리에 들었건만 아침에 눈을 뜨면 어제만큼의 일거리가 어김없이 주부들을 기다리고 있다. 요즈음은 가전제품 덕으로 많이 편리해지고 신세대 맞벌이 부부가 아니더라도 가사 일을 분담해주는 기특한 남편이 늘어나서 주부의 일을 덜어주니 고마운 일이다. 그러나 새록새록 나오는 가전제품에 대한 정보, 관리 등 요즈음 주부들에게 또 새로운 일거리가 더해가는 셈이다.

여러 가지 감당하기 어려운 일들 중에서도 내가 좋아하는 것이 있기는 했다. 아이들 옷 만들기였다. 1960년대에 구입하여 지금까지 가지고 있는 손 미싱 '부라더' 로, 그 당시 동대문 시장에서 자투리 천을 떠다가 일본의 주부잡지 '주부지우(主婦之友)' 부록을 보며 옷을 만들고, 털실로 손뜨개질을 했다. 밤을 새며 만들고 짠 옷을 애들에게 입혀 보고는 일류 디자이너가 된 것 같은 성취감을 맛보던 기쁨이 있었다. '돌돌돌' 돌아가는 미싱 소리에 맘이 더 없이 포근해지며 아득히 잊고 지내던 친정어머니와도 만날 수 있는 오붓하고도 행복한 시간이었다. 이제 그런 일도 옛일이 되어버리고 홍수같이 쏟아져 나오는 기성복을 고르는 고충은 또 얼마나 즐겁기도 하고 고된 일인가. 속임수 있는 불량품과의 싸움 아닌 싸움도 주부들의 큰 일거리였다.

바야흐로 지금은 전문직 시대다. 줄잡아 3,000가지의 전문직이 있는데 좀 야릇한 것으로 '수의 디자이너' 라는 것이 있었다. 죽음도 인생의 중요한 일부분이고 또는 인생의 완성이라는 견해도 있으니 마땅히 있어야 할 직종이지만, 왜 '주부 전문직' 이라는 직종은 없는가 생각해 보았다. 아마 아직은 주부를 어떤 직업인으로 보지 않는 사회의 통념과 관례 때문일 것이다. 주부들의 가사 일을 월 80여만 원으로 계산했다는 어느 통계를 아직은 인정하고 싶지 않는 것은 가정을 중요시하는 마음에서일 것이다. 주부들의 그 잡다한 일거리에 가려져 있는 가족간의 정신적, 육체적 건강 문제, 자녀들의 교육 문제 등등……. 가정의 '생명 지키기' 문제를 쥐고 있는 성스러운 자리임을 인정하기 때문일 것이다.

50여 년을 전업주부로 일관해 온 나지만 하루도 내 스스로에게 만족감을 줄 수 있는 가정 관리를 하지 못한 데 대한 자성(自省)이 크고도 깊다. 가정 일을 계획성 있게 연구하는 자세로 좀더 효율적으로 처리하지를 못했을까 하는 아쉬움이 있다. 아무리 자신에게 엄격한 주부일지라도 가정 관리에 있어서만은 그렇게 안 되니 이상한 일이다. 가정 일이 너무나 포괄적이어서이고 가정이라는 곳이 주부 자신이 통치하는 자기 영역이라는 자만심에 나온 안일함 때문일 것이다.

내가 존경하는 사람은 가정과 자기 전문직을 겸해서 성공시킨 주부이다. 그들이야말로 '슈퍼우먼' 이고 전능자들이다. 예전에 좋아했던 옷 만들기를 틈틈이 공부하고 노력했었다면 50여 년의 내 인생 대부분을 허비한 오늘날 이와 같이 아무것도 거머쥔 것이 없는 허망함도 없었을 것이다. 아마 지금쯤 어떤 확실한 가시적(可視的)인 결과를 소유했을 것이다. 머지않아 가사일도 전자동화(自動化) 되어 주부들의 손이 쉬게 되는 날이 올 것이다. '버튼' 하나로 청소, 빨래, 설거지 등 종합적으로 순식간에 해치울 것이다. 그때쯤이면 모든 주부들은 가정 밖으로 뛰쳐나가 종횡무진 바라던 전문직을 갖게 되어 고임금도 받고 능력 있는 대열에 끼일 것이다.

그러나 가정은 지금보다 더 훨씬 무너지고 사회에 미치는 혼란도 많아질 것이 확실하다. 식구들이 먹고 난 그릇을 닦는 설거지도 단순한 '씻음'의 노동이 아닌 사랑하는 가족들에게 일용할 양식을 공급하기 위한 정성스런 손놀림이라 생각하면 한결 즐거워지는 법이다. '씻음'으로 본래의 청결한 것으로 환원되는 모양도 보고, 그 그릇을 사기 위해 고를 때의 즐거움도 되새겨보면서…….

바람이 드세게 부는 궂은 날이면 어미 새는 새끼의 아늑한 보금자리를 만들기 위해 날갯죽지가 찢어지기까지 하며 고군분투한다. 생명을 낳고 기르기 위한 '본능적 사랑'이 무의식적으로 시키는 것이다. 주부들도 이 '본능적 사랑' 때문에 그 많은 횟수의 설거지를 지겹지만 되풀이하는 것이다. '가정의 주부' 그 자리보다 더 행복한 자리는 없다라는 암시를 자신에게 거듭거듭 보내면서 말이다.

다음 페이지―1949년 결혼 사진

일기 2

기록이 없으면 하얀 공백이다. 서툴러도 적어 두면 후에 반가운 만남이 된다. 그때의 내 생각, 내가 사는 모습을 희미하게나마 기억할 수 있어서 아주 소중한 나의 역사가 된다. 개인의 역사가 사회와 인류의 역사로 이어짐을 잊지 말자.

1976년 1월 20일 화요일, 맑고 차다

영하 17도. 고드름 떨어지는 소리가 금속성 소리로 요란하다. 꽁꽁 얼어붙은 새벽 4시 반. 새벽 기도회 가는 길에는 부지런히 움직이는 사람들의 모습이 정답다. 청소부, 우유 배달하는 사람, 새벽 기도회 나가는 할머니들. 주님이 아끼시는 소자(小子)들의 소망을 비는 하루를 여는 의식이 경건하다. 살을 에는 추위 속을 한참 걷다 보면 엉성한 우리 교회에 이른다. 희미한 불빛이 반갑게 맞는다. 비로드 휘장 앞 강대상과 나무의자에는 사람은 없다. 그러나 그곳에는 우리들을 정답게 맞는 그 무언가가 확실히 있다. 회개와 바람이 뒤섞여진 투명한 영혼의 영롱한 순간을 경험한다. 짜릿한 순간적인 행복감이 샘물같이 일렁인다.

이제 든든한 백이 있어 나는 무엇인들 할 수 있다는 믿음이 생긴다. 이것이 믿음이라고 나름대로 정의한다. 그런 나에게 그런 것은 믿음의 허상이라고 비판한다. 소위 오래된 잘 믿는다는 이들의 말이다. 그런 사람들을 나는 편파적이고 독선적이라고 나무라고 싶다. 감히 어느 누가 남의 믿음을 헤아리고 가늠한단 말인가.
사람들은 각각 자기 나름대로 체험하면서 믿음을 굳건히 하는 것이다. 일정한 방식이나 정의가 있을 수 없는 것이다. 잘 아는 관상쟁이에게 관상을 봤다는 소문이 퍼졌다. 사탄에게 무릎 꿇었다는 것이다. 그런 이들에게 나는 이렇게 응수한다. 관상쟁이들도 어떤 통계적 학문에 의해 판단하는 것이다. 물론 바보스럽고 어리석은 처사라고 나 스스로도 생각하지만 그런 행위에 말씀을 적용해 보면, 성경의 진가를 확신하게 되었다면 주님은 용서하시고 오히려 나의 유익이 되었다고 할 수 있겠다.

수학에 있어서 '역(逆)도 또한 진리다' 라는 이치와도 통하지 않을까? 순전히 나의 응수가 궤변일까? 물론 다시는 이런 못난 행위로 남의 입에 오르는 일 없도록 깊은 회개의 기도를 올려야겠다.

1976년 1월 28일 수요일, 맑음

새벽 기도회 나갔다가 언니네 들러서 집에 와 서둘러 오전 중 집안일 돌봄. 오늘은 형부 생신이며, 또한 기일이다. 며느리들은 기억하고 있는지 어쩐지. 언니 혼자서 울며 음식 장만을 하시고, 교회 분들을 불러 예배를 드린단다. 음식 장만하신 것을 보고, 또 맛보고 깜짝 놀랐다. 아주 적은 비용으로 준비한 50인 분량의 음식은 푸짐했다. 사랑하던 남편을 향한 지극 정성에서 나온 칠십 늙은 아내가 만든 놀라운 작품이었다.

예배 후 교회 분들의 '아주 맛있다' 라는 칭찬은 겉치레는 분명 아니었다. 어쩌면 그리도 정갈하고 담백한 것이, 입맛 까다롭기로 유명하던 우리 형부가 저세상에서 맛있게 먹는 모습이 떠오를 지경이다. 그 알뜰하고 부지런함을 나는 죽어도 못 배울 것 같다. 한차례

교회 분들이 가신 뒤 교회에 반기를 들고 교회를 떠난 분들인 우이
병원 여의사, 강 집사 등이 와서 먹고 떠들다 갔다. 그들에게 휩쓸
려 또 교회 모모 사람들의 험담에 나도 모르게 동조한 나를 그들이
돌아간 다음 언니는 몹시 나무라면서 회개 기도를 드리자 한다. 늘
아는 체 잘하는 나의 허점이 나 자신도 혐오스럽기까지 하다. 늘 언
제나 온화하고 공정하신 믿음이 좋으신 언니를 따를 수 있을까? 자
책과 허허로운 맘으로 언니가 싸 주시는 음식을 갖고 돌아왔음. 수
요예배 참석, 설교 말씀에 은혜 받음.

(2008년, 『도봉수필』 제10집에 발표)

다음 페이지 − 2008년경, 교외 나들이에서 남편과 함께

백발은 아름답다

사람들은 늙는 것을 두려워하고 또 늙음이 결코 아름답다고는 생각지 않는다. 그러나 성서(聖書)는 잠언 20장 29절에서 '늙은이의 아름다움은 백발이다' 라고 했다. 아름답지 않은 늙음을 굳이 아름답다고 말함은, 주어진 삶에 최선을 다해 산 연륜에 대한 경의와 위로의 뜻일 것이다. 또한 모든 생명에게 시간과 더불어 공평하게 다가오는 늙음에 대한 교훈이요, 이상(理想)을 시사하는 말일 것이다. 실지로 젊음에서는 볼 수 없는 넉넉하고 편안한 모습의 백발들을 발견했을 때마다 가슴이 설렌다. 오랫동안 숙성된 술의 향기롭고 투명한 고운 빛깔과 형용 못할 깊은 맛, 해와 비의 은혜를 알맞게 받은 과일의 넉넉하고 농익은 단맛을 어찌 설익은 술과 풋과일이

따를 수 있으리오.

젊은 세대들은 젊음이 비켜가는 중년, 노년의 세대로 들어가는 것을 두려워하는 억지도 부린다. 우습다는 생각이다. 어떤 세대(世代)든 각 세대 간에 나름대로의 좋은 점이 있는 법이라는 것을 깨닫게 함도 백발세대에게 주는 지혜이다. 독특한 그 세대만이 지니는 누림과 섬김을 아는 자가 인생의 승리자라는 생각이 든다. 젊음의 검은머리는 분명 여러 고운 빛깔을 빛내지만 백발 역시 검은머리 못지않게 모든 빛깔을 그 빛깔 고유의 빛깔로 투명하게 조화시키는 매력이 있다. 노란색을 더욱 선명하게, 붉은 옷을 입은 백발이 더욱 아름답게 반사하는 힘이 있다.

구름을 밀어내고 떠오르는 아침 해는 생기발랄하며, 모든 생명에게 성장하는 에너지를 주어서 너무 좋다. 하지만 붉게 침전하는 노을은 어떠한가. 하루를 산 생명들의 고단함을 위로해주고 따뜻하고 편안하게 보듬어준다. 어느 편이 더 귀중하다고 감히 말할 수 있으리오. 머지않아 닥칠 겨울을 준비하기 위해 가을 나무들은 잎이 붉으레 바래면서 저들을 키운 뿌리로 귀의(歸依)한다. 마치 무수히 반짝이던 잎의 무게가 힘겨웠다는 듯이 일제히 잎을 떨군 나목은

처량하나 한없이 홀가분하다. 무겁던 흑단의 검은머리를 은색으로 백색으로 희석시킨 백발은 새털같이 가볍게 날아 금방 흙속으로 살아질 것 같이 자유로움이 있어서 더욱 좋다.

늙으면 잠이 적다. 젊어서 그렇게도 달게 자던 잠이 기껏해야 서너 시간이다. 자다 샌 깊은 가을 밤. 예전에는 청승맞다고만 생각된 저승에 대한 생각을 두서없이 그려보는 요즈음이다. 깊은 적막 속에서 오래전에 먼저 가신 그리운 이들과 얽힌 유년의 즐거웠던 추억이 어제일같이 떠오르는가 하면, 먼저 간 다정한 친구들과의 젊은 날의 아련한 기억들이 줄을 잇는다. 이런 옛날이 남아 있어서 저승도 아름답게만 생각되는 한밤중의 행복도 백발세대에게는 있는 법이다. 그리운 그들과의 만남이 다시 이뤄진다는 믿음도 그런 밤이 거듭될수록 확실해져 간다.

상징적으로만 받아들여진 성서의 말씀, 영생하는 것, 천상에 대한 소망 등이 그리움으로 구체화되면서 주변에서 건강하게 사시다가 홀연히 종생(終生)하는 좋은 죽음을 만나면 부럽기까지 하다. 홀연히 죽어서 영영 소멸되는 것이 아니라 우리 몸을 이뤘던 다원한 원소(元素)로 되돌아간다. 사랑하는 이들이 살아 숨 쉬는 이 시공

(時空) 속에 유익한 것으로 언제까지나 부유(浮遊)한다. 또한 속의 영혼(靈魂)은 면면히 흘러내려온 내 조상들의 그 선하고 아름다운 영혼들과 결합되고 덧입혀져 더 풍요롭고 선한 에너지로 정착(定着)되는 것은 아닌가 하는 내 나름대로의 어설픈 논리(論理)도 세워보는 것이다.

(2000년, 『도봉수필』 제2집에 발표)

이웃

예수님은 "위로 하나님을 경외하고 네 이웃을 자기 몸같이 사랑하시오" 하는 큰 계명을 주셨다. 이웃 사랑을 하나님 경외와 동격으로 강조하시고 곧 그것이 영생하는 길임을 명백히 하셨다. '형제는 타인의 시작'이라는 속언이 있다. 이웃의 뿌리를 명시한 말이다. '삶'은 자기 사랑으로부터 시작된다. 나를 사랑하고 아낀 나머지 나 아닌 이웃을 짓밟고 나만을 내세우는 것이 자기 사랑인 줄 아는 잘못이 얼마나 많은가. 이웃이 실은 내 속에서 생겨나고 이웃 속에 내가 포함되어 있는 것이다.

우리나라는 예로부터 혈연관계를 중시하고 가문을 중요시하는 부계 세습사회이다. 나를 예로 들어보자. 나는 평강 채씨의 후예이다. 따라서 채씨 이외의 딴 성씨 문중과는 완전히 남남이고 아무 상관이 없다고 생각한다. 하지만 나의 어머니는 평해 황씨이고, 조모는 파평 윤씨이고, 증조모는 정선 전씨이다. 이렇게 거슬러 보고 외갓집 계통을 살펴보건대 놀랍게도 대한민국 성씨의 대부분의 피가 내 속에 얽혀 있다는 생각이다. 또 나의 자녀 오남매들의 결혼으로 맺어진 성씨 또한 놀랍게도 범국가적이다.

국문학자이자 유명한 시인이 시집 발췌문에서 다음과 같이 적고 있다. "우리는 두 부모의 세계 성만 아니고 네 조부모 여덟 고조부모들의 성을 공유하고 있다. 600년 전 그러니까 20세대 전만 거슬러 올라가 보면 그의 20승 곧 100만이 넘는 조상들이 나 하나를 태어나기 위해 존재하고 있다. 또 우리의 미래가 그렇다. 우리가 내 피를 이어받은 후손들이 100만이 넘게 된다. 피는 물론 3, 4대에 거의 희석되어진다는 생물학적 견해를 뛰어넘어 이웃이라는 개념에 근본적인 시사를 주는 재미있는 논지이다."

대한민국은 단일민족 국가라고 자랑하고 민족의 순수성을 내세운다. 위 논지에 따르면 아주 딱 들어맞는 자랑거리이다. 국가라는 막연한 공동체에서 혈연관계로 얽힌 공동체라는 생각이 들 때 한결 국가, 민족이라는 말이 구체적이고 친근한 느낌으로 다가온다. 산다는 것은 어떤 관계를 맺어간다는 것과 같다. 관계에 있어서는 크게 사랑, 미움의 두 관계로 대별할 수 있다. 생명을 낳고 유지시키는 산다는 행위는 곧 사랑이고, 미움은 죽음 즉 소멸의 행위가 될 것이다. 이웃과 내가 함께 영원히 사는 길은 나를 사랑함같이 너를 사랑해야 더불어 살 수 있다는 진리에 이른다. 그래서 인류를 위해서 30대의 젊은 예수가 십자가에서 목숨을 버린 것이다.

'삶'은 아름답고 축복이다. 모든 생명체는 살아가기 위해서 수고하는 희생이 요구된다. 들녘의 짐승들도 살기 위해 다른 생명을 먹고, 제 생명은 또 다른 생명의 먹이로 희생된다. 어찌 창조의 왕관이라는 사람만이 저만 살기 위해 남을 희생하는 탐욕만을 허락받았겠는가.

이웃사촌, 이 말이 나는 아주 마음에 든다. 한 시대를 같이 살아가는 이웃이 있어서 우리의 인생은 풍요롭고 권태롭지가 않다. 혈연관계를 중시하는 우리나라에 이런 단어가 있다는 것이 흥미롭다. 자주자주 만나보고 접촉하는 것을 단적으로 말한 것이다.

'정'이라는 우리나라의 독특한 감성은 사랑이 숙성된 사랑 이상의 복합적인 감성이다. 그런 정을 주고받는 이웃은 혈연관계 이상이다. 아주 멀리서 존경의 눈으로 바라보던 이웃이 가까운 사이가 되어 접촉하다 보면 그 사람에게도 내가 가지고 있는 부족하고 연약한 허물이 눈에 띄어서 실망할 때가 있었다. 그런 것이 젊어서는 견딜 수 없었지만 지금은 다르다. 사람은 다 연약하고 불완전하니 여지가 생긴다. 그래서 이웃이 필요한 것이다. 있는 것은 나누어주고 없는 것을 보태어주는 이웃이 있어서 나의 삶과 너의 삶이 고리가 이어져 인생이라는 역사를 만들어간다.

지금까지의 나의 삶에서 만난 이웃을 가까운 순서대로 꼽아본다. 몇백 명? 몇천 명? 복되게도 나의 이웃들은 다 유익하고 선량한 이웃들이었음을 감사드리면서 나는 내 이웃들에게 얼마나 좋은 이웃으로 비쳤는지 궁금하다. 나의 여생에서 얼마나 새로운 이웃들을 만날 수 있을 것인가 하고 즐겁게 기대해보고 소망해본다. 그리고 이제부터의 만남은 '예정된 섭리' 안에서의 만남이라고 다짐하면서 신비롭고 소중하게 여길 것이다.

책을 읽는 여인

오월을 갓 마감한 유월 초, 어린이대공원의 연록색이 차츰 짙어지고, 소나기 만난 뒤 대기의 투명함 속에서 백일장에 참가한 엄마들과 우리 2세들의 해맑은 목소리! 정겹고 사랑스럽고, 살아있는 기쁨이 가슴에 충일하다. 찌르찌르 우는 새소리도 자기들의 살아있음을 과시하는 양, 온 공원 전체가, 푸르른 생명력이, 경이롭기까지 하다.

아아! 73세의 지나온 세월이 꿈만 같고, 이 모임에 참석한 그 한가지만으로도 이 늙은이 가슴은 뛴다. 이곳에서 글재주를 겨루고 있는 이 엄마들은 너 나 할 것 없이 책을 좋아하고 많이 읽는 여인들일 것이다. 삼삼오오 떼 지어 글 쓰는 그들의 겉모습은 그저 수수하고 검소하다. 아기를 데리고 글쓰는 엄마의 모습도 너무나 정겹고 예쁘다. "책은 영혼을 키워주는 스승 중의 스승이다."

요즈음 지방자치제로 인해 서울 각 구마다 문화 강좌가 한창이다. 이 늙은이도 우리 구의 수필 강좌에 다니면서 나의 딸 뻘쯤 되는 세대들과 즐거운 시간을 갖는다. 우리나라 어머니들이 얼마나 의식적으로 성숙한 가치관, 인생관을 갖고 있는지 알 수가 있었다. 같은 상황을 각기 생김새만큼이나 다양한 견해로서 이해하면서도 귀착하는 점은 다 아름답고 진실이다. 참으로 한 영혼 한 생명이 성서적인 해석인 "인간은 창조의 왕관이다"라는 말씀에 전적으로 동의를 보낸다.

현대는 출판물 홍수다. 부지런하고 의욕만 있으면 학력에 관계없이 줄기차게 책을 읽으며 자기를 성장시킬 수 있다. 부엌일을 하면서 애기 기저귀를 갈면서 책 읽는 엄마는 아기에게 무언의 교육을 시킨다. 노점에서 장사하며 틈틈이 신문이나 신앙지를 읽는 아낙네는 비록 남루한 겉모습과는 달리 당당히 자신을 표출한다. 조리 있는 말, 밝은 계산, 늘 내면적인 면에 압도당한다. 아무리 고급 의상으로 휘감고 값비싼 보석 장신구를 단 소위 '부(富)' 티 나는 사모님 군상일지라도 그들의 보석 애기, 자랑 등에서 책을 멀리한 영혼의 황폐함을 볼 수 있다. 마음이 빈자들이다.

삼가야 할 책들도 많다. 책을 많이 읽는 여인은 학력 수준이 문제가 아니라 자기에게 '플러스' 되는 책을 고를 줄 아는 현명한 여인들이다. 나는 일제 때 경성여자사범학교를 졸업하고, 이북 고향인 원산 모교(지금의 초등학교)에서 남의 나라 교육을 시키고 월남하여, 한글학회(당시 조선)에서 강습으로 배운 우리나라 글로 1년 반 남짓 교사 노릇을 한 학력과 경력 밖에 없는 노파다. 그러나 다독(多讀)으로 따지면 누구에게도 지지 않을 책 좋아하는 늙은이다. 이것저것 가리지 않고 '난독' 을 했다. 수필, 소설, 시……. 이 모임의 심사위원장 허영자 교수의 사랑 시집들에서 주석을 따라 시를 읽고, 몇 번이나 되풀이하여 읽으면서 영혼이 맑아옴을 느꼈다.

지금은 강북구의 '시' 강좌를 들으러 다닌다. 명문사립대를 나온 네 딸도 어미를 닮아 책읽기를 좋아해서, 만나면 소리 내어 낭송을 하고 의견도 나눈다. 그들도 글쓰기를 좋아하고 책 읽기를 좋아한다. 그들(30, 40대)과의 대화에서도 나는 주제며, 표현이며, 이끌어가는 과정 등에 뒤지지 않는 X세대 늙은이라고 자부한다. 때론 그들이 "엄만 너무 알아서 탈이야" 라고 두 손 들 때가 있으면서도

박식하고 상황을 올바로 파악하는 늙은 어미를 존경해마지 않는
다. 우선 알아야 하고, '아는 것이 힘'이라는 것이 낡은 명언이지
만, 알아야 올바른 실천도 가능하지 않겠는가? 예수를 믿는 나는 우
선 '영원한 베스트셀러'라는 성경을 수도 없이 읽는다. "모든 성경
은 하나님의 감동으로 된 것으로……"(디모데후서 3장 16절) 그
말씀대로 그저 읽기만 하여도 영혼이 맑아지고 감화를 받는다. 나
의 학력은 보잘것없으나, 내 실력은 어느 대학 졸업자 못지않다고
생각하고 자부한다.

우리나라 주부들이 "책을 너무 읽지 않는다"는 우려의 소리도 있다.
하지만 다수 내가 아는 경제적으로 중하위층 여인들은 책을 많이
읽고, 또 차츰 그런 분위기들이 각 구청과 동회 등의 문화 사업을 통
해서 확산되어 가고 있다. 아주 바람직한 현상이어서 기쁘다. 그런
맥락에서 이 주부백일장 '이벤트'에 대해 나는 즐겁게, 우리 대한의
수도 서울시에 칭찬의 뜻을 이 지면을 통해 보낸다.

온통 지도자들이 검은돈의 노예가 되어서 사기꾼 기업가에 놀아나
고 있는 이 나라 작금의 이 세태 속에서도 정직하고 묵묵하게, 튀지
않지만 올바른 가치관과 인생관을 갖고, 오늘도 빨래를 하고 애기

기저귀를 갈면서 책을 읽는 여인들 영혼이 알알이 살쪄가기를 기대하면서, 우리 엄마들의 모습에서 우리나라 우리 사회 우리네 가정들의 건재함과 영원불변한 역사까지도 좌우하는 힘을 나는 보고 기뻐하는 바다.

역사를 좌우하는 것은 남자들이요, 아빠들이다. 그러나 남자인 아빠를 움직이는 것은 그들을 열 달 동안 품고 낳고 기른 '어미(母)'인 여인들이다. 고로 나무를 지탱하는 뿌리가 요동치 않음같이 이 사회의 '어미' 인 여인들이 책을 읽고 또 읽고 든든한 뿌리로서, 어미에서 다음 세대의 어미로 굳건한 가치관과 국가관으로 영혼 깊숙이 살쪄갈 때, 우리 인류는 '창조의 왕관' 이라는 성경 말씀 그대로 우리나라뿐만 아니라 이 역사 속에서 왕관 쓴 존귀한 생명체로 영원하리라.

(『여성백일장 수상작품집 1996-1998』에 발표)

다음 페이지—제주 여행에서

오! 친구여. 내 친구 한나들이여!

계절이 깊어 묵직한 녹색으로 변해가는 나른한 산(山) 빛들을 드높은 하늘이 파란 얼굴로 굽어 본다.

흰 포말을 던지며 굴러가는 계곡물에 정오(正午)의 햇살이 금빛으로 부서지는 양수리. 늙은 19명의 한나들이 어깨동무하고 부르는 '고향의 봄' 노래 속에 그네들의 붉은 유년이 잠시 머문다. 나라 없는 백성으로 태어나 억울한 일도 많았다. 겪지 않아도 될 전쟁도 겪었다. 하나 같이 가난한 집 딸로 태어나 오라비들을 세우기 위해 푸른 꿈을 스스로 접어야 했던 그네들. 설렘 안고 연지 곤지 찍고 간 시집. 시댁도 역시 가난했다.

고추처럼 맵기까지 한 시집살이의 소용돌이까지 겹친 질곡의 삶이었다. 줄줄이 태어난 아들과 딸들, 그네들의 등이 휘어지는 멍에였지만 그네들은 기뻐했다. 그네들의 유일한 보람이고, 희망이고 그네들의 전부였다. 그네들의 어머니들이 그랬던 것처럼 그네들도 베실같이 억세게, 명주실 같은 끈질긴 생명력으로 버티어내어 드디어 살아남았다. 그것은 곧 큰 은혜였다.

이제 대한민국이라는 어엿한 조국도 얻었고 원수 같은 배고픔도 물리쳤다. 좋은 음식, 좋은 옷 걸칠 수 있는 좋은 시대가 왔단다. 그런데, 오! 친구여. 세월이 무상하여 너 한나여! 작은 배움을 자랑하던 네 검은 머리에도 흰 서리가 앉았구나. 박꽃같이 고왔다던 네 얼굴에도 세월의 주름이 깊이 패였구나. 부잣집 딸이었다고 자랑하던 네 등도 둥글게 휘었구나. 지는 황혼에 서글픈 네 모습에서 내 초라한 모습을 보았단다. 너는 곧 나였고, 나는 곧 너였던 것을…….

우리는 이제 다 똑같은 파파 할머니. 우리의 시대는 다 지나간 것을……. 그래서, 너를 이해하는 정이 햇살 같이 일렁이고, 너를 연민하는 눈물로 목이 메이는구나. 나와 똑 같은 너. 내 몸과 같은 너. 어찌 내 몸 사랑하듯 너를 사랑하지 않으리.

오! 사랑하는 내 친구여! 이제 우리는 무엇을 하지? 선택된 자에게
는 선택된 권리만큼의 의무가 따르는 법. 남은 자는 남겨 준 자의
몫까지 살아야 할 책임이 있지. 은혜 받은 자는 그 은혜를 나눠 줄
의무를 잊어서는 안 되리. 한나로 부름 받은 우리들. 옛적 이스라
엘의 한나가 기도로서 자기의 조국을 구한 것 같이 우리들도 그렇
게 살자꾸나.

그러기 위해선 친구여! 한나가 술취함 같이 기도한 것처럼 우리도
성령에 취한 기도를 해야 하리. 한나가 달은 기도의 날개를 우리들
도 달아야 하리. 하늘 나라는 날개 없이는 못 가는 곳, 날개는 무거
운 몸에는 돋지 않는 법, 결코 돋지 않는 법. 아직 우리 속에 남아
있는 노욕(老慾), 자랑, 의심의 무게를 털어버리고 새처럼 가벼워
지자. 그러면, 하얀 깃털 같은 기도의 날개가 돋아나 천국을 향해
우리의 기도가 올려지리, 올려지리라.

(2005년 9월 한나회 수련회를 다녀와서)

다음 페이지―아들 내외와 함께

나의 가을

쓸쓸한 미소로

나의

가을을 맞습니다.

젊음을 삼킨 황금 잎

피 빛 불타는 단풍

세월이 익힌

아름다움입니다.

연륜(年輪)에 눌려

얇아진 가슴에

또 한 겹 시린 바람이 스며듭니다.

높고 먼 하늘과

지는 잎새, 잎새

바스라지는 고엽(枯葉)

소멸의 서러움이 오열로 맴돕니다.

아! 아!

얼마 남지 않는 나의 날을 꼽으며

아직은

나의 내일을 창조하고 싶습니다.

(2006년, 『도봉수필』 제8집에 발표)

낙엽(落葉)

흐느끼는 계절
슬프도록 파아란 하늘
"바스락"
외마디 소리
미련 없이 떨어진다

푸른 날의 영광
되새기며
어디로 가야 하나
아름다운 곳으로

이끌려

보도(步道) 위에 멈춰봐도
누구하나 따뜻한 손길 없고
차디찬 입김
바람
스쳐 가는데

까칠한 꿈
발돋음치며
두고 온 지열(地熱)
뿌리에로 뿌리에로
귀의(歸依)의 그리움

(2006년, 『도봉수필』 제8집에 발표)

사월(四月)

소리 없이
열리는
새 아침

이슬 머금은 꽃가지
유리창에
일렁인다.

알싸한!
꽃내음

안개처럼 번져온다.

꽃 바람!

꽃 바람

꽃 비! 꽃 비!

현란한 꽃 물결

쓸고간 자리마다

아프게 돋아나는 어린 잎

세월을 익혀

새 역사를 열기 위해

소망하여

사월은

그리도

몸살을 앓았는가

(2007년, 『도봉수필』 제9집에 발표)

시(詩)가 죽으려 한다

벅찬 가슴!
그를 위해 불을 켜려는 저녁
낡은 단어들만 매만지다
시(詩)는 죽으려 한다.

흔들리는 가슴
잠 못 이루는 밤
아무런 빛나는 언어를 찾지 못해
시(詩)는 죽으려 한다.

가슴보다 뜨거운 언어가 없어

마음보다 따뜻한 언어가 없어

지금 내가 가진 것은

아프도록 넘치는 가슴뿐.

(2007년, 『도봉수필』 제9집에 발표)

북한산을 보며

비 개인
가을 아침
북창(北窓)을 연다.

북한산이
파아란 하늘을 이고
상큼히 인사를 한다.

저 산 넘어 산! 산
또 산

아득해지는 하늘과
회색 봉우리에 물기 어린다.

금강산 칠봉산
천지 품은 백두산아!
북녘의 거친 숨소리
오열로 메아리치는데

아직도 잊지 못할
고향의 전설에
목이 메이는데

유년의 꿈이
묻혀 있는
영노리 뒷동산에서
"종행아! 여기다 여기!"
까마득히 잊고 있던
내 할아버지의
낯익은 음성이

또렷이 들려오는

이 아침.

(1998년 10월)

다음 페이지-1999년 11월 10일, 도봉수필 출판기념회장에서

노 동 수
일시 : '99 11 10(수)14:0

초여름, 초록의 여신(女神)

올해도
백발로 삭은 나의 뜰에
한아름 차는듯
초록의 여신이 찾아왔네.

투명한 잎새들의 소근거림.
싱그러운 바람으로 번져
세월에 눌려 닫힌 가슴을
살며시 열어놓고 숨은듯 살아져 가네.
계절이 좋아 붉힌 얼굴이

꿈인듯 사라져간 젊은 날이 그리워
응고된 지금
올해도 또다시 초록의 품으로 파고드는데

오수 깔린 나른한 한낮에
초록 수액 뚝! 뚝! 떨어지는 소리
여신이 뿜어내는 체취에 취해
그만 졸고 있는 나

아아!
초록의 여신은
올 한 해도
내 늙은 가슴속으로
찾아서 왔네.

(1998년 5월 6일)

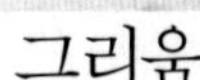

다음 페이지―1949년 결혼식에서 가족과 함께

기도문

영원하신 하나님 아버지시여.

오늘 고인이 된 유해문과 신문희를 추모하는 예배를 지내기 위하여
한자리에 모였습니다.

우리는 예수 그리스도의 은혜로 죽음과 절망의 어두운 그늘 속에서
도 영원한 소망을 가지게 되었습니다.

이 은혜로 인하여 감사드리옵고 여기에 주께서 성령으로 임재하여
믿음에 굳게 서게 하여 주시기를 간구합니다.

우리 각자가 인간의 한계를 깨닫고 항상 하나님의 나라와 그 영광
을 바라보며 살아가게 하여 주옵소서.

고인에게 다하지 못한 효도를 생각하며 우리의 부족함을 고백합
니다.

고인의 덕을 기리게 하시고 선하고 존귀하게 살아가는 자 되게 하
여 주옵소서.
그리스도 안에서 허락하신 부활과 영원한 생명을 믿음 안에서 잘
간직하도록 역사하여 주시고 축복하여 주옵소서.

예수 그리스도 이름으로 기도하옵나이다.

나의 언니 종희(鍾姬) 여사

그 집에서 제일 작은 방, 조그만 침대에 누워 계신 언니의 모습은 가랑잎같이 가벼워 보였다. 그 가랑잎 위에 쭈글쭈글 깊이 패인 주름살은 내게는 마치 거룩한 세월의 훈장같이 빛나 보였다. 나날이 달라지는 언니의 요즈음 모습을 보며 참으로 늙는다는 것은 무섭고 '세월' 이란 무정하구나 하고 한숨이 나왔다.

"너도 그동안 많이 늙었다. 아픈 데는 없니?" 반가움에 울음 섞인 목소리가 그래도 아직 쟁쟁해서 그나마 맘이 놓였다. 귀도 부쩍 멀어져 머리맡에 비치해 둔 화판에 커다란 글씨로 "언니, 자주 못 와서 미안해요"라고 전한다. 이 더딘 대화 말 뒤에 깃든 섬세한 표정까지 읽어가며 서로 감정을 교감하던 그때 우리는 얼마나 행복했 던가.

이런 기막힌 상황 속에서 나는 문득 한 장면을 떠올렸다. 66년 전 일인데 각인된 것같이 선명하게 되살아난다. 50여 년 동안 못 가본 북쪽 영노리, 음침한 고향집! 초여름 정오의 햇살이 북쪽 정지방 문풍지에 환히 비추었다. 아홉 살인 나는 구구단을 외우고 있었다. '재카닥 재카닥' 개량베틀로 명주를 짜고 있는 언니를 쳐다보았다. 흰 항라 적삼에 뽀얀 살이 비치는 투명한 살결의 열아홉 살 언니는 나의 우러름의 대상이자 유일한 신뢰였다.

넓은 고가(古家)의 퀴퀴한 곰팡이 냄새와 적막한 고요함이 그리움 같은 감정으로 언니를 언니 이상으로 신뢰하며 받들게 하였다. 직 장 따라 부모님과 둘째 언니와 어린 남동생은 도시인 원산(元山)에 나가고, 할머니 돌아가신 후 할아버지는 사업하신다고 객지를 떠도 셨다. 슬픔 같은 외로움이 밀려오던 때 "종희야! 종희야! 나와 봐!" 대문을 두드리는 이웃집에 사는 봉기 아저씨의 낯익은 목소리에 재 빨리 달려나간다. "네 언니 종희가 선생 시험에 붙었단다." 언니도 맨발로 뛰어나와 "정말! 정말이요?" 하며 감동에 겨워 나를 부둥켜 안고 울었다. 1933년경의 옛날 옛적 이야기다.

언니는 1916년 12월 6일생으로 채씨 집성촌 영노리 골집(郡家)의 일남 삼녀 맏딸로 태어났다. 아버지를 많이도 닮은 흰 살갗에 노랑 나시시한 머리의 별명이 '서양아이'였다. 1915년대에 이미 통리에 학교를 세우고, 배워야 한다고 말하던 개화한 할아버지의 영향을 많이 받으며 자랐다. 8세가 되던 1924년에 40리나 떨어진 옥녀봉 밑에 있는 문철공립보통학교에 입학하여 눈 오는 겨울, 비 오는 여름날 할아버지 등에 업혀 학교를 다녔다. 할아버지는 "영리한 딸은 못난 아들 열보다 낫다"며, "집에서 귀히 여겨야 나아가서도 귀염받는다"고 긍지를 심어주었다. 할아버지는 여자였지만 항렬을 따라서 종희(鍾姬)라는 이름을 지었다. 비록 딸자식이지만 맏이라는 책임감을 엄격히 심어주었다. 그리고 한자 공부며, 나라의 역사, 친척간의 예의범절 등, 제사법까지 정성으로 가르쳐주었다.

1924년 보통학교를 졸업한 언니를 당시 부잣집, 고급 관리 등 소위 명문가 딸들이 가는 원산 일인고등여학교에 입학시켜 동네 사람들을 놀라게 했다. 할아버지는 "우리 손녀 종희는 꼭 교사시킨다. 여학교 졸업하면 관립 사범학교에 보낸다"고 별렀다. 그러나 아버지의 오랜 병환으로 가세는 기울어져 언니는 여학교를 4년 수료하고 중퇴를 할 수밖에 도리가 없었다. 언니는 할아버지와 아버지의 권유로 그 전 해 가을 교원 검정고시를 치렀었다. 남폿불 밑에서 많은 과목을 공부하며 낮에는 농삿일을 도왔고 짬짬이 누에치기도 하던 언니였다. 40리 길 걸어서 모교인 문천보통학교에서 저녁 늦게까지 학교의 특별한 배려로 오르간 연습을 하는 언니를, 나는 할아버지와 같이 가서 기다렸다. 돌아오던 어스름 들판의 '도갓집' (상여 들어 있는 집) 옆을 지날 때는 할아버지 손을 꼭 잡아서 땀이 배던 일도 기억난다. 유일한 여성 합격자로서 언니는 당당히 온 문천군, 면 전체의 화젯거리가 되었다. 흰 명주저고리에 까만 세루 치마를 입고 할아버지를 따라 함경남도 도청에 사령장을 받으러 가던 일이 생각난다. 행복하던 그 모습, 우리 온 집안에 충일하던 분위기, 언니의 일생 중 가장 영광스러운 한때였을 것이다.

그렇게 해서 언니는 모교인 문천보통학교 최초의 유일한 여교사가 되었다. 월급을 받으면 철따라 동생들 명절빔을 해주어 할아버지, 부모님께 기쁨을 안겨드렸다. 1939년 23세에 결혼, 32세에 서울로 이주하였다. 그 후로 우리 자매는 50여 년을 곁에서 서로 지켜주며 인생의 좋은 길동무로, 믿음의 동지로 지내왔다. 언니는 친정집은 물론 가난한 시가에도 당당하고 믿음직스러운 기둥이었다. 특히 나에게는 늘 물심양면으로 주기만 하는 존재였다. 오늘도 언니는 나더러 책장을 가리키더니 책갈피에 보관한 돈을 주었다. "먼데서 왔으니 교통비 하라"며 반질반질한 만원짜리 두 장을 내주었다. 받기만 하는 이 동생은 또 눈시울이 뜨거워 온다.

"종항아! 나는 너를 늘 동생이라 생각하지 않고 딸이라 생각했다. 그런데 이제는 너를 보면 돌아가신 어머니를 보는 것 같이 그런 반가운 기분이 든다." 아아! 얼마나 애처로운 말인가? 나를 보면 돌아가신 엄마 만난 것 같다니! 나도 쭈글쭈글한 언니 모습에서 그리운 아버지 모습을 엿볼 수 있어서, 참 핏줄이란 신비하다는 생각으로 숙연해진다. 이제 언니의 역사는 소멸되어 가려 하며, 나의 고향 영노리의 역사까지도 나에게서 소멸되려고 한다. 그의 귀가 지금보다 밝을 때 왜 더 많이 모든 얘기를 듣고 기록하지 못했는가 아쉬워진다. 고향 영노리의 역사는 언니가 있음으로 비로소 그리운 영노리고 고향인 것이다. '채종희' 그 이름이 영노리의 상징처럼, 남한에 사는 고향 사람들에겐 기억되어 있는 것이다.

몇 년 전, 언니가 79세 때 일이다. 그 옛날에 기쁜 소식을 전해주던 봉기 아저씨가 위암으로 위독한데 "조카 종희가 보고 싶다"는 것이다. 그때는 아직 건강하던 언니가 달려갔더니 손을 꼭 잡으며 "너를 보니 영노리 고향에 간 것 같다"며 반가워했고, 그 며칠 후에 돌아가셨다. 도대체 우리에게 고향이란 어떤 의미를 가졌기에 이렇게 그리워하는 것일까? 우리는 저 아득한, 알지 못할 곳으로부터 우리의 의사 아닌 타의로 이 세상에 왔다가, 한치 앞도 내다보지 못한 삶을 살다가, 또 다시 저 아득한 알지 못하는 끝자락으로 사라져 갈 수밖에 없는 피조물일 따름인 것을…….

벌써 오후 다섯 시가 넘어서 어둑어둑해진다. 일하는 아줌마는 어느새 잽싸게 퇴근해 버렸다. "야! 너도 가라. 너의 영감 또 신경질 내겠다" 하는 언니를 바라보며 나는 속으로 '이 집 며느리는 몇 시가 되어야 돌아오나. 화장실 출입도 겨우 겨우인 이 병든 늙은이를 아무도 없는 이 넓은 집에 혼자 두고 차마 갈 수 있는가' 하는 암울한 기분에 잠겨 있는데, 언니는 큰 소리로 좋아하는 찬송 434장을 힘있게 부르며 나보고 자꾸만 빨리 가라고 재촉한다.

(2000년, 『도봉수필』 제2집에 발표)

베 홑이불의 전설

아스팔트에서 올라오는 후끈한 열기에 숨이 멎을 것 같고 작렬하는 태양빛에 눈을 똑바로 뜰 수가 없다. 올여름도 지독히 덥다. 초복(初伏)이 가까운 오늘, 나는 나만의 즐거운 연례행사를 펼친다.

지난 여름을 나고서는 물기를 말끔히 뺀 베 홑이불, 베 홑청 등이 후줄그레 걸레 같은 모습이다. 이리저리 뒤적이며 어떻게든 올여름에도 나와 함께 지낼 수 있는 물건으로 만들어 보려고 안간힘을 쓴다. 돌아가신 어머니에 대한 추억이 이 베 홑이불의 소멸과 함께 영 사라져 버릴까봐 겁이 나는 것이다. 이 베 홑이불은 내 혼수용으로 49세라는 나이를 먹었으니 어찌 온전하기를 바라겠는가. 매년 정성을 다하여 그저 살짝살짝 덮고 잘 관리한 덕으로 그래도 지금까지 맥을 이어왔다.

올해는 아무리 작은 몸이지만 나를 덮기에는 영 틀렸다 싶어 결연히 가위로 여섯 폭을 한 쪽 반으로 싹뚝 잘라서 베갯잇으로 만들어 버렸다. 맑은 진풀을 먹여 물기 살짝 걷힌 후 꾸득꾸득한 것들을 빨래 보자기에 싸서 질근질근 밟다가 달구어진 다리미로 재빨리 '쏴악' 다렸더니 싱싱한 본래의 베 모양으로 살아난다. 반가웠다.

베나 모시 종류는 아무리 낡고 후줄그레 보여도 어머니가 하던 대로 그렇게 손질하면 몇 번이고 다시 살아나는 것이 신기하다. 마치 물기가 없어 고개 숙여 시들었던 화초가 물 먹고 일제히 살아나는 것과 같다. 시원하고 칼칼한 베갯잇을 벤 목덜미 따라 어머니의 체취가 되살아난다. 까마득히 잊고 지내던 은비녀 꽂은 낭자머리에서 흘러나오던 동백기름 냄새 섞인 엄마의 냄새!

나는 어느덧 어머니 등에 업힌 다섯 살 막내딸이 된다. 작은 몸매에 커다랗게 쌍꺼풀 진 고운 눈매의 우리 어머니. 언제나 그분은 늘 바쁘게 움직였다. 그 많은 집안일 틈틈이 명주, 베 등의 길쌈을 했다.

세 딸의 명절빔도 손수 짠 명주 중 제일 가늘고 고운 것을 골라 물
감을 들이고 밤새 다듬질해서 동네 제일로 치장해 주었다. 어느 해
인가는 내 설빔의 물감이 얼룩져서 고심하던 어머니 모습이 선하
다. 우리 일남 삼녀 혼수의 주류가 어머니 길쌈으로 준비되었다.

이제 내 여름 베갯잇이 되어 버린 베 홑이불도 어머니가 짠 베로 만
들었다. 1930년대 내 나이 다섯 살 때의 우리네 농촌은 너무나 가난
했다. 그래도 채씨(蔡氏) 종씨 마을에서 우리 집은 ‘골집’ 이란 가
호(家號)가 붙었다. 아버지가 군청에 나가고, 상주 일군들을 두고
짓는 농사는 늘 어머니를 바쁘게 하였다. 그런 틈틈이 눈썰미 빠르
던 어머니는 누에를 치고 삼을 삶아 길쌈을 하셨다. 긴긴 북국(北
國) 고향의 겨울밤을 지새우며 30대 젊은 허벅지가 벌겋게 부르트
도록 베실, 명주실을 뽑으며 타래를 만들어 놓았다가, 이듬해 봄 춘
삼월 바람 잦고 날씨 화창한 날 집안 동서들과 넓은 앞마당 사방에
말뚝을 박아 베실을 ‘날았다’. 길게 말뚝 따라 빙빙 돌아 베틀에 올
릴 ‘씨줄’ 이 될 길고 긴 실타래를 만든다. 이때 거친 솔로 풀을 여
러 번 먹여 빳빳이 줄을 세워 베틀에 올린다.

지금 생각하면, 이른 봄부터 베틀에 앉은 어머니는 긴긴 여름 긴장

한 모습으로 짚신 신은 발을 당겼다 놨다 얼마나 고되었을까? '찰 카닥 통통' 하는 북 팅기는 리드미컬한 소리에 한여름이 지나고 가을이 다가올 때쯤에는 베, 명주 등 피륙이 한 필 두 필 포개져 우리 집은 풍요로웠다. 아마도 내 나이 열 네 살, 우리 집이 완전히 원산 시로 옮겨질 때까지 이런 작업들이 계속된 것으로 기억된다. 그렇게 공들여 짠 베로 혼수용 홑이불을 지으신 것이 내 결혼을 일이 년 앞둔 1947년경이 아닌가 생각된다.

그때 이미 우리 집에는 월남(越南)할 때 어머니가 제일 먼저 이고 나온 '싱거미싱'이 있었는데도 웬일인지 손으로 직접 만들었다. 폭 33cm 여섯 폭을 한 땀 한 땀 홈질하셨다. 지금 생각해 보건대 당시 월남 직후 우리 집이 안정되지 못한 여러 가지 정황과 막내딸인 나의 혼인 문제, 미처 월남하지 못한 동기간에 대한 안타까움 등 만감(萬感)을 삭이느라고 일부러 손바느질을 했을 것이리라. 바느질할 때 어머니 모습은 단아하고 무엇인가 엄숙한 분위기였다는 기억이 난다.

당신이 짠 베로 바느질하여 지은 이 홑이불, 이것에 깃들인 수고와 땀의 질과 양은 과연 저울과 자로 달아보고 재어볼 수 있는 것인가? 아른

아른 닳아버린 베갯잇 하고 남은 베 조각을 차마 버리지 못하고 보듬다가 나는 와락 울어버렸다. 엉엉 소리 내어 한참을 어린애 같이 울고 나니 시원해지고 정신이 맑아지면서 불현듯 깨달은 것이 있었다.

어머니는 그 많은 일들을 하는 동안 내가 생각하는 것처럼 그렇게 불행하지도 불쌍하지도 않았다는 사실이다. 그 시대 우리들의 모든 어머니들이 그랬듯이 그들은 남편을 위해 자식을 위해 일하는 그 자체가 삶의 전부요 기쁨이고 보람이어서 아주 행복하고 충만된 마음으로 그 일들을 하셨으리라. 그분들의 억척 위에 오늘의 우리가 서 있고 내가 서 있는 것이 아니겠는가?

이제 베갯잇으로 변한 내 베 홑이불은 앞으로 몇 번의 여름을 지나면서 영원히 사라져, 그 애기는 우리 집의 전설(傳說)처럼 아득해지겠지…….

다음 페이지—1997년경 둘째 유승교의 집에서 강아지 초롱이와 함께

오이지와 짠지

거의 체온과 버금가는 고온의 올여름 더위다. 점심을 한참 비켜간
시간, 외출해서 돌아와 더운물 샤워를 하니 날아갈 듯하다. 서둘러
늦은 점심을 먹는다. 몸에 좋다는 잡곡밥과 이것저것 찬이 있지만
오이지 국물에만 수저가 간다. 소금기가 알맞게 우러난 오이지 국
물에 식초와 약간의 설탕을 넣은 국물이 얼음보다 더 차고 시원하
다. 달궈졌던 내 속내를 쫘 하니 식혀주며 소진되었던 몸의 소금기
를 알맞게 보충해 준다. 거친 잡곡밥과 소박하고 담백하게 간을 채
워주는 여름의 산해진미가 이보다 더하랴.

문득 어릴 때 어머니가 길쌈하시기 위해 삼베 원료인 대마초를 사

러 가시던 모습이 떠오른다. 높은 고개를 두 개나 넘고 하루 거리로
다녀오신다면서 도시락으로 베주머니에 상반(上半) 밥에 푸르탱탱
한 오이지를 싸는 모습이, 어린 마음에도 엄마가 안됐다는 생각이
들었었다. 가난했지만, 군청에 나가시는 아버지, 학교에 다니는 두
언니 도시락 찬은 북어무침이나 콩자반 같은 색다른 것이었는데,
엄마의 모처럼 나들이 도시락 찬이 그렇게도 내가 싫어하는 오이지
달랑 한 가지뿐이라니!

먹을 것이 궁했던 그 시절, 겨울이 유난히도 긴 내 고향에서는 김장
을 엄청 많이 하였다. 200통, 300통 반양식이라면서 11월초부터
먹기 시작하는 배추김치는 이듬해 4, 5월까지 질리고 물리도록 먹
었다. 6, 7월의 장마철에 들어서면 오이지를 또 그렇게도 많이 담
갔다. 한 접, 두 접, 서너 접씩 담그면 삼복더위를 지난 김장철까지
오이지는 오로지 주(主) 반찬이었다. 나는 그 오이지를 무던히도
싫어했다. 엄마가 갖은 양념에 무쳐도 주고, 꼭 짜서 참기름에 볶아
주어도, 맨 간장에 찍어 밥을 먹을망정 오이지는 절대 안 먹었다.

가정을 갖게 되면서 웬일인지 나는 그렇게 싫어하던 오이지를 장마
전에는 항상 담갔다. 옛날 고향에서 담갔던 것처럼 많은 양은 아니

지만, 반 접, 20개, 10개 등 지금까지도 연례행사처럼 담그고 있다. 아마도 친정어머니 살림을 닮은 탓이었는지, 6, 7월에 오이지를 안 담그면 헤픈 살림을 한다는 고정관념이 박혀 있나 보다. 주부인 내가 오이지를 싫어하니까 식구들 모두가 싫어해서 아무리 적게 담가도 김장철이 다가올 때쯤이면 오이지가 남아돈다. 버리기는 아까워서 어느 해부터는 가을볕에 2, 3일 말렸다가 고추장, 된장에 박아뒀다. 이듬해 봄에는 나른한 봄 입맛에 별미인 훌륭한 장아찌가 되었다.

짠지 역시 오이지와 똑같은 방법으로 소금물에 침잠시키는 김치다. 법석 떨던 김장이 끝나고 아무렇게나 나도는 무를 큰독에 200개, 300개씩 담갔다가 움 속에 두면 이듬해 장마철에 오이지와 함께 먹을 수 있는 짠지가 된다. 짠지의 진가는 양력 1월부터 봄에 이르는 기간에 나타난다. 젓갈과 갖은 양념으로 농익은 김장김치에 질리고 물린 우리의 입맛은, 아직 눈도 녹지 않았는데도 새해로 접어들면서 벌써 오지도 않은 봄을 탄다. 노오랗게 소금에 발효된 짠 무를 채 썰어 냉수에 우려내 오이지처럼 식초와 설탕을 넣으면 그 국물의 개운한 맛은 나른한 몸에 정신이 번쩍 들게 한다. 채 썰어서 식초와 참기름으로 무쳐도 먹고, 도토리묵이나 메밀묵을 그 국물에 띄워 먹으면 한 끼 식사도 된다.

부모님이 살아계신 1970년대까지도 우리 친정에선 짠지를 담갔었다. 요 근래는 김장도 많이 하지 않고 짠지도 잘 담그지 않았다. 작년에 하늘로 간 언니가 하도 짠지 무 타령을 해서 10개 정도 담가 국물김치를 해주었다. 어린애처럼 음식을 줄줄 흘리며 식사 때마다 그것만 찾던 언니 모습이 떠올라 눈물이 난다. 오이지나 짠지는 그냥 소금물에 담그는 기본적인 김치다. 요 근래의 배추김치는 젓갈도 많이 넣고 양념도 너무 과하게 넣어서 담백한 맛이 없는 흠이 있다.

서양 오이지인 '오이피클' 이란 것이 있다. 소금 약간에 설탕 식초에 삭힌 것인데 새콤달콤한 것이 금방 먹기는 좋으나 그 맛이 오래 가지는 못한다. 혀끝만 살짝 즐겁게 하는 옅은 맛이 오이지의 깊은 맛과는 비교도 안 된다. 계절에 맞게 오이지와 짠지를 담가 우리의 입맛을 충족시킨 조상들의 지혜가 경이롭기까지 하다. 나는 60 고개를 넘으면서 오이지 맛을 알게 되었다. 70을 넘으면서 아예 삼복더위에는 오이지 찬으로 일변했다. 내 미각이 옛날보다 성숙해졌는지 아니면 퇴보했는지 모를 일이다. 오이지와 짠지의 맛! 우리 인생살이의 철학을 상징하는 것이 아닌가 생각해 본다.

물질주의 속에 사는 현대인들은 담백하고 소박한 기본적인 맛을 차츰 잃어가는 것 같다. 더 맛있고 더 달콤하고 짜릿한 자극적인 맛을 찾아서 꽃이 만발한 꽃밭에 난무하는 나비들 같다. 현란한 간판을 건 그 많은 외식업자들은 새로운 맛, 진기한 맛, 난숙한 맛을 내기 위해서 별별 조리법을 개발하고 식도락가들을 유혹한다. 자기네는 자연 소재 13가지 내지 20가지로 만든 소스의 노하우가 있다고 자랑한다. 유명한 '해물탕' 이라고 해서 먹어보았더니, 몇 가지 해물에다 쇠고기 육수를 가득 부어, 정녕 해물 맛은 나지 않는 쇠고기 잡탕이다. 심지어 된장찌개에도 듬뿍 쇠고기로 간을 내어 갖가지 재료를 덧 넣는다. 어떤 '설렁탕집' 에서는 뽀얀 국물을 내기 위해 '프림(커피크림)' 를 넣는다는 소문까지 나돈다.

하나님을 믿는 유대인들은 성결한 삶을 위해 음식도 여러 가지 잡것을 섞어 먹지 않고, 짐승의 어미와 새끼를 같이 삶는 요리를 철저히 금한다고 한다. 비록 인간의 먹이가 되는 미물들이지만 최소한 창조의 질서를 지켜주자는 하늘의 뜻에 순종하는 자세가 아닐까? 진실 그것은 첫째로 기본적인 것이며, 단순하고 소박한 것이라고 생각한다. 복잡 미묘하고 지나친 겉치레로 기본적인 것이 희미해진 것은 허위에 속할 확률이 많다. 사람은 어느 누구나 두 번의 진실을 소유한다고 나는 생각한다. 즉 태어남과 죽음이다. 이 두 번의 진실이 자기에게 주어졌다는 사실을 깨달은 자는 그것만으로도 행복한 자다.

태어날 때의 담백 순수한 엄마의 젖 맛에 기본 맛을 들이고, 성장하면서 산전수전 다 겪는 복잡 미묘한 맛으로 변절되어가며 기본 맛을 잃는 상태에까지 이른다. 사람이 늙으면 태어났던 고향을 그리는 감정으로 되돌아가려는 것 같이 우리의 입맛 또한 그렇게 된다. 아니 입맛뿐 아니라 우리의 육체(肉體)까지도 한 겹, 두 겹씩 부피와 무게를 벗어던지면서 기본으로 되돌아가려는 준비를 하는 것이리라. 기본이 없는 삶, 기본이 무너진 삶은 위험천만하고도 부끄럽기 짝이 없는 삶일 것이라.

67년의 소박한 엄마의 삶은 물론이고, 풍요롭고 화려했지만 굴곡 많았던 큰언니의 80여 년 생애도 기본을 상실하지 않았던 진실한 생애였음을 감사드리며 두 분께 존경을 올린다.

(2004년, 『도봉수필』 제6집에 발표)

우리 집 딸들

아침 7시. 하룻밤을 자고 난 젊은 생명들은 어제의 피곤을 씻고 물오른 나무 같이 싱그럽다. 각기 제 전투 준비에 '엄마 도시락' '엄마 차비' 엄마를 최대한으로 기능화시키는 시간대이다. 초등학교 3학년인 넷째가 끝으로 빠져나간 집 안은 물 끼얹은 듯 조용해지고 부드러운 햇살 속에 엄마만 남겨진다. 결혼한 지 20여 년, 웬일인지 딸만 내리 넷을 둔 우리 내외는 정작 아들 걱정은 옆에서들 해주고 그저 감사드리며 태평하게 살아간다.

맏이 승희, 작은 키가 고민인 서정적인 용모. 젊은 날의 나를 닮아서 모든 것에 의욕 과잉 상태이고 콧대만 높아서 이 엄마는 불안하기만 하다. 인간으로서의 기본자세는 갖춰 가고 있다고 믿는다. 학교에서 '돈과 사랑의 선택' 이라는 설문지를 돌렸는데 돈이란 답이 압도적으로 많다면서 하는 말 '엄마 세대면 몰라도 우리 세대는 사랑이라고 답해야 옳잖아.' 언제나 순수하고 건강한 견해를 갖고 있으며 전공 과목인 약학보다 예술 사진 쪽에 관심이 많아 다니는 대학의 신문사 사진 기자로 활동하고 있다. 6·25 피난의 소용돌이 속에 한강 모래판에서 태어날 뻔한 그녀와 나는 모녀의 정만이 아닌 생사의 고비를 함께한 깊은 인간 유대감 같은 것을 느낀다.

둘째 승교, 고등학교 2학년, 늘씬하고 세련된, 모던한 용모라고 남이 말하길래 그런 것으로 알고 있다. 요행을 믿지 않는 계획적이고 섬세한 아빠의 성격을 많이 닮은 울보다. 기뻐서 울고, 섭섭해서 울고, 분해서 울고, 그녀의 쌍꺼풀진 눈매에는 늘 눈물이 그렁그렁하다. 무지 고집이 세서 2살 터울인 언니와 대판 싸울 때가 있다. 그럴 때면 난 늘 체력이 떨어지는 맏이를 세워주었는데, 엄만 언니만 예뻐한다고 또 운다. 가끔 기분이 좋으면 신나는 춤과 고운 노래로 집 안을 흥겹게 한다. 하루는 새파랗게 질려서 돌아왔다. 이야기인즉 어떤 남학생이 학교에서부터 뒤따라와 지나가는 부인에게 도움을 청하니 집 앞까지 동행해 주었다며, 눈물 범벅이었다. 나는 딸들을 불러놓고 '아마도 장난쳤을 거야' 하고 안심시킨 후 극히 상식적인 주의를 시켰을 뿐이다. 험한 세상, 항상 나는 주님께 '이 유리 그릇 같은 깨지기 쉬운 어린 딸들을 지켜주십시오' 라고 기도하며 그녀들에게도 믿음을 권한다.

중학교 1학년, 셋째가 "엄마, 징그러워. 얼굴이 온통 빨간 점으로 덮인 사람을 봤어. 며칠 전에는 혹 달린 사람 봤는데……. 내 맘이 좋지 않아서 내 눈에 그런 사람만 보이는가? 이상해! 그런 사람은 무슨 죄가 있어서 그렇게 태어난 거야?" 내가 대답했다. "너나 나나 우리 집 식구 모두는 그런 흠 없이 태어난 그것만으로도 얼마나 행복하니. 그런 사람에게도 외모에 비해 또 다른 좋은 재능을 하나님께서는 주셨을 거야. 뛰어난 손재주, 맑은 목소리 등 그런 재능으로 치명적인 아픔에서 벗어나려고 애쓰며 살아가겠지. 사람은 어떻게 되어졌는가가 중요치 않고, 어떻게 되려고 애쓰며 사는가가 중요하단다." 그 후 셋째는 엄마가 인정해 준 곱고 흰 살결, 길고 곧은 팔다리를 내세워 언니들의 '못난이' 라는 놀림에도 여유롭게 응수한다. 기억력이 좋고, 구수한 화술이 묘한 따뜻한 분위기를 조성한다. 하루 20원씩의 차비가 꽤 모아져 있어 캐물었더니 지나가는 자가용이 손을 번쩍 들면 태워다준 단다. 나는 셋째에게 차비를 곱을 주며 절대 다시는 그러지 말라 고 타일렀다.

TV 드라마를 온 식구가 잠깐씩 본다. 물론 애들에게 프로별로 못 보게도 하지만 잘 안 된다. 남녀의 키스 장면이 나오면, 넷째 가 호기심 있게 캐묻는다. 그러면 "옆집 애기 예뻐서 승인이가 뽀뽀하지. 그런 거야"라고 얼렁뚱땅 넘겼다. 그 후로 그런 신이 나오면 싱긋 웃으며 지나친다. 때로 이 애는 이해하기 어려운 인 간의 내면적인 문제들을 어린이답게 간단명료하고 정곡을 찌르 는 풀이를 해서 나를 놀라게 한다.

37년 전에 적은 우리 집 딸들에 대한 내 글이다. 어미의 욕심으로 딸들의 장점만 미화시킨 어줍잖은 글이지만 그리움 짙은 글이다. 그로부터 긴긴 세월 그녀들은 순조롭게 원하는 대학에 합격하며 우리 내외를 기쁘게 하고, 또 좋은 배우자들을 만나서 가정을 이뤘 다. 위로 셋은 50대 전후반, 넷째가 지천명의 40대 후반에 접어들 어 곱던 자태들에 세월의 두께가 앉아 어미의 가슴을 아프게 한다. 내가 이루지 못한 전문직을 갖고, 가정과 병행해서 활동하는 여성.

그들에게 그것을 바랐는데 모두가 하나같이 남편 세우고, 자녀 낳고, 양육하는 전업주부로 정착해 버렸다. 별다른 날, 그들이 정성껏 마련한 용돈을 우리 내외에게 건네주면, 고맙고 즐거우면서도 나는 요 근래까지 투정을 부렸다. "죽어라 공부시켰더니 겨우 부엌데기들이야. 지금은 여성 상위 시대라 능력 없는 여자의 대명사가 전업주부란다. 나는 너희들에게 교육 낭비한 어리석은 엄마야." 그러면 넉살 좋게 그녀들 왈 "왜 이러세요. 평생 전업주부의 대 선배격인 엄마께서. 전업주부도 당당한 전문직이랍니다." 그렇다. 내 나이 60대까지만 해도 그렇게 약사, 교사직을 결혼과 더불어 접어버린 우리 딸들이 인내심 없고 약삭빠르지 못한 못난이들로 보였는데, 삶을 꽉 채워버린 지금에 와서는 여자의 성공을 곰곰이 따져 본다.

그녀들의 가정은 모두 안온하고 편안하다. 아홉 손자 반듯하게 잘 자라고 있고, 남편들 두루 자기 일에 충실하며 별 걱정이 없다. 남들보다 뛰어난 존재들은 아니지만 기본 수준 이상이며 그저 평범하고 수수한 생활 그것이면 족하지 아니한가. 팽팽한 긴장 속에 엘리트 여성들의 직장과 가정과의 줄다리기 생활. 아슬아슬 곡예 같은 그녀들의 생활. 물론 능력 없는 딸들을 둔 에미의 억지 춘향격인 주장인지는 모르겠지만, 하여튼 우리 딸들의 여유로워 보이는 점이 나는 좋다. 하나같이 이 에미의 생활 패턴을 닮아 교회에 열심히 출석한다. 믿음 그 자체보다 전업주부의 스트레스를 교회 반사 봉사로 17년을 봉사한 엄마와 같이 그들도 성가대와 반사로 봉사하고 이제는 믿음이 생겼다. 제 능력 밖의 것을 주님께 의탁하며 어려운 자식들 교육도 주님에게 도움을 청하며 다소곳이 순리대로 살고자 애쓰는 정말 전업주부다운 그들의 삶의 자세를 주님이 주시는 은총으로 알고 감사드린다. 엄마의 과욕을 벗어던져 가벼운 우리 내외의 노후가 너무나 안온하다.

(2007년, 『도봉수필』 제9집에 발표)

할아버지와 손녀

골(郡)집 할배. "저녁 우리 집에서 잡수기요." 새앤밴 집 할아버지 생신 초대를 하는 그 댁 아재의 말에 다섯 살배기 여아(女兒)는 신이 나서 할아버지를 앞선다. 함경도의 산골 마을의 동짓달 추위는 모질다. 벌겋게 드러낸 종아리가 시리디시린 것도 아랑곳없다. 딸부자인 엄마는 부지런해야 했다. 겨울이면 저고리, 속바지, 두루마기에다 두둑이 솜을 들여 입히시고, 심지어 손목에는 예쁜 수를 놓은 솜 토시까지 끼워주서서 추운 줄 몰랐었다. 그런데, 그 엄마가 지금은 집에 없다. 병환으로 오랫동안 경성(京城) 대학 병원에 입원하신 아버지를 따라 세 살 터울 남동생을 업고 가신 것이다. 위로 터울 진 두 언니는 몇십 리 밖의 학교생활로 바빠서 나는 늘 외톨이였다.

넓은 고가(古家)에 자애롭기 그지없던 할머니가 갓 돌아가시고, 나이 많으신 노환의 증조모님의 괴상한 모습과 행동이 나는 늘 무서웠고, 젊은 숙모(叔母)는 집안일에 치여 나는 관심 밖이었다. 눈빛이 형형하시고 단정하신 할아버지는 자신에게 엄격하시고 집안 식구뿐 아니라 채씨 집성촌 마을 사람들에게도 곧게 대하는 호랑이 영감님이시다. 그런 할아버지가 유독 나한테만은 아들 귀한 집안에 남동생을 태어나게 했다고 해서, 내가 태어난 날 집안의 재산 목록 1호인 암소도 새끼를 낳았다고 해서, '복덩이' 라며 한없이 부드럽게 대했다. 더구나, 어미 떨어진 나는 늘 슬프고, 울보가 되어서 보기가 딱하였던지 어디든 데리고 다니며 감싸주었다.

새앤밴 집 할아버지 생신잔치에는 동네 어르신들이 밤 마실 겸 시국 얘기, 동네 얘기, 우리 아버지 병환 얘기 등 고소한 참기름 냄새 풍기는 시골동네 잔치 음식 못지않게 소박하고 구수한 분위기로 밤이 익어갔다. 주인이 차려준 잔칫상은 할아버지와의 겸상으로 푸짐히 먹고, 얼었던 종아리도 풀리며, 초저녁 잠이 많은 여아는 꾸벅꾸벅 졸기 시작했다. 할아버지는 손녀를 업고 먼저 자리를 뜨셨다. 외딴집 새앤밴 집에서 골집까지의 밤길에는 달이 휘황찬란했다. 잠이 깬 여자아이는 놀란 듯 기쁜 듯 외쳤다. "할부이여, 저기저기

하늘에 왕 눈깔이 떠있다." 한잔 술에 거나하던 할아버지가 유쾌하게 껄껄 웃었다. "정말 아주 큰 눈깔이 떴네. 언젠가 네 애비 사온 왕눈깔사탕보다 더 크고 큰 눈깔이구나. 종행아! 저것이 달님이란다. 낮에 뜨는 해님과 같이 우리 어둔 세상을 밝게 비쳐 소망을 갖게 하는 거지." "그런네, 할부이어! 저 달이 우리를 쫓아오네." "아! 그건 우리 종행이 울지 말고 밤길 잘 다니라고 동무해 주는 거야." 그리고 깊은 한숨을 쉬며 "네 애비와 어미도 저 달을 보고 있겠지. 애비, 애미 빨리 오라고 빌어라. 네 할미도 저 달 속에 가 있겠지. 종행이 내버리고 가서 미안하다고 울고 있는가 부다."

지금까지 마냥 즐거웠던 여자아이는 저도 모르게 울먹이며, 큰 소리로 달을 보며 외쳤다.

"할무이여! 거기 멀제이. 할무이여! 거기 춥제이. 빨리 이리와."

할아버지는 한참 침묵하시다가 말을 이었다. "우리 종행이, 할부이가 이름 잘 지어주었지. 옛날 옛날에 중국이란 나라에 글 잘하고 재주가 많은 항아(姮娥)라는 왕비가 있었단다. 그 이름의 항(姮) 자를 따서, 항렬 종(鐘) 자에 붙여 너를 종항(鐘姮)이라고 이름 지은 거야. 그 왕비처럼 되라고."

할아버지는 "우리나라가 무식해서 일본 놈들한테 나라를 빼앗겼다"며 인재 양성을 위해 1913년대에 문흥 학교를 세웠고, 나무 천수를 심으면 잘사는 나라가 된다면서 조림 사업에 힘썼다. 우리 집 동쪽에는 뽕나무밭, 서쪽에는 국광이라는 사과밭, 남쪽에는 돌배와 실배나무가 담 구실을 하고, 뒤란에 이은 북쪽 뒷동산은 온통 밤나무 군락이다. 봄에는 과일 꽃 대궐, 가을에는 온갖 과일을 실컷 먹을 수 있는 꿈같은 유년 시절을 보냈다.

멍석 깔고, 마른 쑥 냄새 그윽한 모깃불 피우던 여름밤. 보석같은 별이 쏟아져 내리는 밤하늘 보며 "할부이여, 저것들이 졸린가 부다. 눈을 이렇게 감았다 떴다 안 하나"라며 눈을 감았다 떴다 하는 손녀에게 "우리 집에서 이제 글 잘하는 여류학자가 나올 거야"라며 손녀에게 기대를 걸던 우리 할아버지. 여러 가지 일화로 가득하던 곧은 선비였던 우리 할아버지. 인간의 존엄성과 품격을 몸소 실천한 선각자 할아버지. 그의 손녀로 태어남이 내게는 큰 복이었으니, 분명 나는 할아버지가 말하신 '복덩이' 임에 틀림없다는 자부심으로 지금까지 감사함으로 살아왔다.

(2008년, 『도봉수필』 제10집에 발표)

눈깔사탕 나무

지금은 갈 수 없는 저 북쪽 산골 마을에 할아버지를 모시고 세 자매가 살고 있었습니다. 큰언니는 15세 희종이, 둘째는 11세 원종이 그리고 7살 항종이가 살고 있었습니다. 모두 씩씩하고 행복하게 살고 있었습니다. 이 집은 할아버지가 아주 근엄하시고 무엇이든지 할아버지 말씀대로 따라야 하는 아주 엄한 집안이었습니다. 나무 심기를 좋아하는 할아버지는 갖가지 과일나무를 갖춰 심어서 이들 세 자매는 5월 봄부터 늦가을까지 앵두, 자두, 복숭아, 사과, 포도, 배, 감, 밤 등 싱싱한 과일을 실컷 먹고 자랐기 때문에 모두 건강했습니다. 단지 걱정이라곤 딸만 셋이어서 대를 이를 손자가 태어나지 않은 것뿐이었습니다.

어느 봄날 갖가지 과일나무 꽃들이 활짝 피었습니다. 조그맣고 하얀 앵두꽃, 연분홍 복숭아꽃, 하얀 배꽃 등 향기로 그득하고 꽃구름이 둥둥 떠 있는 좋은 날 막내딸 항종이 동생이 '으앙' 하고 태어났는데 글쎄 남자 동생이지 않겠어요. 할아버지는 너무 기뻐서 저 멀리 일본 나라에서 사과가 일찍 열리고 크고 푸르다는 새끼 사과나무를 주문해 기념으로 심고, 튼튼하게 잘 자라라고 동생을 '건종'이라 이름 지었습니다. 사과나무도 건종이도 무럭무럭 자라서 동갑인 네 살이 되었을 때 마침내 푸르고 탐스러운 사과가 열렸습니다. 세어 보니 꼭 일곱 개였습니다.

할아버지가 말했습니다. "너희들 다른 과일은 맘대로 따 먹어도 되지만 이 사과는 할아버지가 딸 때까지는 절대 손을 대서는 안 된다. 이것은 금년 처음 열린 것이기 때문에 동네 나이 든 할아버지들께 하나씩 맛보게 한 뒤 맛이 좋으면 이 사과나무를 더 많이 주문해서 온 동네에 나누어 심게 해서 다른 사과나무들과 같이 퍼지게 해야 해." 세 자매는 물론 엄마, 아빠, 삼촌들께도 엄하게 말했습니다.

어느 장날이었습니다. 할아버지는 외출하고 건종이를 업은 엄마는 읍내 장 보러 가고, 두 언니도 여름 방학 때라 외갓집에 가서 시골 마당에는 항종이만 예쁜 과일나무와 마당의 꽃들과 재미있게 놀고 있었습니다. 그런데, 점심때가 지나고 항종이는 배가 좀 고팠습니다. 그때 자두와 복숭아가 한창때라 '자두를 따 먹을까, 복숭아를 따 먹을까' 하며 과수원 속을 이리저리 돌다가 '아이 복숭아도 이제 실컷 먹었는데 시시하고, 자두도 이제 싫어. 좀 다른 게 없을까' 하며 청사과 나무에 눈이 머물렀습니다. 불현듯 그 사과가 먹고 싶었습니다. '저 사과는 할아버지께서 따 먹지 말라 하셨지.' 그런데 그 사과가 먹고 싶어서 견딜 수가 없었습니다. 청사과는 일찍 익는 사과라 윤이 반질반질 흐르고 살결이 연해 맛있게 보였습니다. 저도 모르게 제멋대로 잘하는 고집쟁이 항종이는 의자를 딛고 올라가 두 손으로 힘껏 사과를 따서 쓱 문지르고 한입 베어 물었습니다. 좀 시기는 하나 달고 시원했습니다. 이 사과는 일찍 익는 종자라 그때가 바로 8월 중순인데 먹을 만했습니다. 그때 건종이를 업은 엄마가 많은 것을 사가지고 집으로 돌아왔습니다. 할아버지는 이웃 마을 친척집에 일이 있어서 밤에야 돌아온답니다. 항종이는 우선 엄한 할아버지가 좀 늦게 돌아온다니 사과 한 알 없어진 것은 모르시겠지 싶어 안심하였습니다.

저녁때가 되니 배가 아프고 토할 것 같았습니다. 배가 점점 아파와서 엉엉 울었습니다. 동네에는 의사도 없고 해서 엄마는 깜짝 놀라서 체한 것을 잘 고치는 앞집 할머니를 데리고 와서 함께 내 엄지손톱 밑을 톡 따주니 까만 피가 나왔습니다. 또한 더운물로 배부분을 찜질하느라 야단법석이었습니다. 마침 할아버지가 집으로 돌아왔습니다. 캄캄한 밤이라 할아버지는 과수원을 둘러보지도 않고 잠자리에 들었습니다.

항종이는 배 아픈 것이 좀 가라앉았지만 더 큰 걱정이 생겼습니다. 내일 아침이면 어김없이 과수원에 나가서 귀하게 여기시는 청사과 한 알이 없어진 것을 아시고 할아버지가 무섭게 노하여 회초리로 항종이 종아리 때릴 것을 생각하니 잠이 오지 않았습니다. 자는 줄로만 알았던 어머니가 항종이 손을 어둠 속에서 잡으면서 말했습니다. "항종아, 너 낮에 무엇을 먹었니? 이젠 아프지 않니? 혼자 있는 네 점심을 차려 놓고 갔어야 되는데, 엄마가 잘못했다" 하며 꼭 안아 주었습니다. 항종이는 엄마한테 사과 따 먹은 것을 이야기하였습니다. 그리고 내일 아침 일찍 일어나 사랑방에 가서 할아버지께 용서를 빌어야지 하고 생각했습니다.

할아버지는 용서를 구한 항종이의 종아리를 회초리로 치셨을까요? 아니요. 용서하시고 눈깔사탕을 주셨어요. 어머니는 부엌에서 도

마와 칼을 가지고 와서 탁! 하고 깨트려서 건종이, 삼촌, 어머니 모두 한 쪽씩 입에 넣었어요. 유리알처럼 반지르르한데 땅콩까지 박힌 알사탕은 너무 달고 고소했어요. 청사과와는 비교도 안 되었지요. 항종이는 "할아버지, 우리도 눈깔사탕나무를 사다 심어요"라고 말했어요. "뭐, 눈깔사탕나무라고!" 할아버지도 엄마도 삼촌도 모두 모두 "하하" 하고 한바탕 웃음꽃이 피었답니다.

(2010년,『도봉수필』제12집에 발표)

다음 페이지—2001년 남편 유길형 선생과 함께

하늘에 있는 남편에게

살아 생전에 이렇게 당신이 그리워질 줄 어찌 몰랐을까요?

유행가 가사에 "있을 때 잘 해"라는 말이 이렇게도 절실하게 가슴
을 울릴 줄 정말 몰랐습니다.

이제 당신과 영별한 지도 일 년!

회상하면 62년을 당신과 같이 살았으면서도 속속들이 당신을 안다
고 했지만 그것은 큰 오산이었어요. 속 깊은 당신을 옅은 속인 이
아내는 너무도 이해하지 못하고 함부로 까불고 나무라고 했네요.

62년을 큰일 없이 지낸 것도 이제 생각하니 나의 인내가 아닌 당

신의 속 깊은 헤아림이 있어서였어요. 여보! 당신의 속 깊은 사랑을 믿고 언제나 그 사랑이 나와 같이 할 것으로 착각하면서 만만하게 까불고 옅은 소견머리로 대한 것 용서해줘요. 땅을 치며, 가슴을 치며 후회한들 이제 소용없는 일. 후회의 눈물과 피맺힌 뉘우침을 당신께 드리고 '하늘같이 남편을 모시라' 는 성경 말씀을 이제야 실감 있게 느끼는 아둔한 아내였어요. 용서하고 부디 영혼이 편하게 안식하시길 비옵니다. 하나님께서도 남편을 하나님 뜻에 합당하게 섬기지 못한 이 아내의 철없음의 허물을 용서하시길 비옵니다.

당신과 나의 62년, 짧지 않은 세월동안 어떻게 보냈는지 아득하기만 합니다. 기쁜 일, 슬픈 일, 괴로운 일도 많았겠지만 하나도 뚜렷이 생각나는 일이 없이 그저 62년이 찰나 같이만 느껴져요. 당신이나 나나 주관이 뚜렷하여 어떤 목표를 정하고 그것을 향해 달려간 것이 아니라 그때그때 상황에 따라 우왕좌왕하면서 세류에 밀려 살아온 삶이지만 요행히도 이별하지 않고 같이 살아왔네요.

주님을 영접하지 않고 산 그때부터 이미 하나님께서 우리를 택하신 걸 지금에 와서는 굳게 믿습니다. 그렇지 않고서야 6 · 25의 그 아수라장에서 천리만리 헤어졌다가 다시 만났겠어요. 큰딸 승희를 업고 친정어머니와 같이 제주도 바닷길을 건너다 공비를 만났고, 구사일생으로 당신을 만났을 때 우리는 28세, 30세의 젊은 나이였어요. 처음으로 아빠가 된 당신은 딸을 안아보려고 하지도 않고 넋나간 사람처럼 덤덤했으나 눈빛만은 기쁨에 찬 눈동자의 아빠였어요. 신혼의 아내가 아기를 안고 나타났으니 얼마나 감격스러웠겠어요. 표현력이 부족한 당신은 말도 못하고 그저 멍멍해서 감정이 풍부한 이 아내가 보기에는 싱겁고 덤덤한 모양새였지만 건네주는 아기를 안은 당신의 팔이 덜덜 떨고 있었어요. 뜨거운 포옹을 바랬지만 이 아내는 그것으로 만족했답니다.

여보! 나 지금 일주일에 3일, 4시간씩 투석하는 것이 일이에요. 쉬는 화요일, 목요일은 아이들 위해 기도하고 성경 읽고 일주일에 2번씩 많이 걷습니다. 당신이 남긴 재물로 생활도 넉넉하고 심통 부리던 가사 일에서도 해방됐어요. 당신 계실 때부터 일해 주시던 좋은 아줌마의 보살핌도 계속 받고 있어요. 우리 아이들 한, 희, 교, 채, 인 다 각각 가정 돌보며 각별히 저에게 신경 씁니다. 나 행복하다고 말할 수 있지요. 그린데 여보, 당신 좋아하는 음식, 애들이 이름 있는 날마다 선물로 위로해주는데 왜 그들 몰래 눈물이 나지요. 나 혼자 무슨 호강이며 당신 없는 홀로 행복은 호강도 행복도 아니예요. 당신이 있어야 행복 호강이지요.

여보! 보고 싶어요. 너무 보고 싶어요.
올여름, 걷고 있는데 저만치에서 예의 당신과 같은 등산모 쓴, 당신과 비슷한 체형의 남성이 앞을 스쳐가서 달려가 가까이 보니 영 당신과는 딴판인 사람이었어요. 실망해서 혼자 쓸쓸히 걸어왔지요.

여보! 당신 예수님이 예비하신 처소에 계신 거지요.
당신 묘비에도 "여호와의 집에 영원히 거하리로다"라고 적었잖아요. 그곳에서 부디 자유롭고 편안히 계시길 비오며 성부 성자 성령 하나님과 함께 기도해주세요.

우리들이 남긴 이 조국에 하나님의 의와 나라가 임하길, 우리들 자녀의 소원들을 위해 나와 같이 기도합시다. 당신은 하늘에서, 나는 땅에서 하는 기도! 하나님께서는 꼭 이루어 주시겠지요. 그때까지 다시 만날 날을 기약합니다. 보고 싶지만 씩씩하게 즐겁게 살려고 애쓰겠습니다. 다시 만날 때, 다시 만날 때 그때까지 하나님이 함께하사 계심 바라겠습니다.

기쁜 소식 한아름 안고 가겠으니 기다려 주세요.

다음 페이지―남편 유길형 선생

작고 적은 것으로부터

－남편 유길형 선생의 글

지극히 작은 것에 충성된 자는 큰 것에도 충성되고, 지극히 작은 것에 불의한 자는 큰 것에도 불의하니라(누가복음 16:10)

우리나라 속담에 '천 리 길도 한 걸음부터', '티끌 모아 태산', '눈물 모아 한강' 이라는 말이 있습니다. 이 속담은 지극히 작은 것이라도 정성과 인내가 열심히 담기면 위대한 결과를 가져온다는 뜻입니다. 인도에서 가난하고 병든 사람을 돌보는 테레사 수녀는 "밝은 미소, 정다운 태도, 한마디의 따뜻한 말이 지친 인간의 마음에 생기를 불어넣어 준다."라고 말했습니다. 또한 테레사 수녀는 많은 사람들이 굶주리면서도 '빵' 보다는 '사랑' 을 더 갈급해 하고 있다고 했습니다. 그러므로 작은 일, 작은 성의라고 해서 결코 무시해서는 안 됩니다. 위대한 일들은 그 어느 것이나 지극히 작고 적은 것들에서부터 시작합니다.

'작고 적은 것으로 위대한 결과를 가져온 일들', 이와 같은 실례는 성경에서 얼마든지 찾아볼 수 있고 증거할 수 있습니다. 구약과 신약에는 작고 적은 것으로 위대한 결과를 가져온 일들이 보석같이 찬란한 빛을 발하면서 우리에게 교훈을 들려주고 있습니다. 먼저 사사기 7장에 보면 '기드온'이 작은 군대를 가지고 미디안의 큰 군대를 멸절시킨 이야기가 기록되어 있습니다.

이스라엘과 미디안 간에 전쟁이 발발했을 때 기드온의 나팔 소리를 듣고 미디안의 메뚜기 떼와 같이 많은 군대를 대적하기 위해 모인 청장년 수가 삼만 이천이었습니다. 그러나 삼만 이천 명을 가지고는 메뚜기 떼같이 새까맣게 몰려온 적군을 도저히 이길 수가 없습니다. 그럼에도 불구하고 하나님께서는 "너를 좇은 백성이 너무 많은즉 내가 그들의 손에 미디안 사람을 붙이지 아니하리니 이는 이스라엘이 나를 거스려 자긍하기를 내 손이 나를 구원하였다 할까 함이니라. 이제 너는 백성의 귀에 고하여 이르기를 누구든지 두려워서 떠는 자 여든 길르앗 산에서 떠나 돌아가라 하라(사사기 7:2~3)"고 명령하셨습니다. 그래서 기드온이 겁이 나는 사람은 돌아가라고 말하니 이만 이천 명이 돌아가버리고 만 명만 남게 되었습니다. 그러자 기드온은 애가 탔습니다. 삼만 이천 명도 모자라는데 이만 이천 명이 가버리고 만 명만 남았으니 어떻게 걱정이 되지 않겠습니까? 그런데 하나님께서는 또 "백성이 아직도 많으니 그들을 인도하여 물가로 내려가라. 거기서 내가 너를 위하여 그들을 시험하리라. 무릇 내가 누구를 가리켜 이르기를 이가 너와 함께 가리라 하면 그는 너와 함께 갈 것이요, 내가 누구를 가리켜 이르기를 이는 너와 함께 가지 말것이니라 하면 그는 가지 말 것이니라(사사기 7:4)"라고 명령하셨고 기드온이 그대로 따르니 결국 군사의 수는 삼백 명 밖에 남지 않게 되었습니다.

삼백 명의 군사를 갖고 어떻게 저 수십만 적군을 물리칠 수 있을까요? 그러나 작은 것에 하나님의 능력이 더해지면 어떠한 위대한 일도 이룰 수 있다는 것을 이 사건을 통해 증명해 주셨습니다. 하나님께서 기드온과 같이 하시매 기드온이 그 삼백 명 용사를 데리고 수많은 미디안 적군을 마치 한 사람을 치듯 쳐서 큰 승리를 거두게 되었던 것입니다.

또한 열왕기상 17장에 보면 작은 일에 정성을 들여 하나님의 기적을 체험한 '사렙다의 과부' 이야기도 기록되어 있습니다. 아합이 이스라엘을 다스리고 있었을 때 아합은 이방 여인 이세벨을 아내로 취하고 하나님 대신 바알 신을 섬기므로 이스라엘은 하나님의 심판을 받아 3년 6개월 동안 비가 내리지 않게 되었습니다.

그때 사렙다의 과부도 심한 가뭄으로 지칠 대로 지쳐 있었습니다. 이제 남은 양식이라고는 밀가루 통에 밀가루 한 움큼, 기름병에 소량의 기름 밖에는 없었습니다. 사렙다 과부는 마지막으로 이 밀가루와 기름으로 과자를 구워 아들과 먹은 뒤 죽으려고 작정했습니다. 그런데 건장한 하나님의 종 엘리야가 찾아와 "먼저 그것으로 나를 위하여 작은 떡 하나를 만들어 내게로 가져오고 그 후에 너와 네 아들을 위하여 만들라. 이스라엘 하나님 여호와의 말씀이 나 여호와가 비를 지면에 내리는 날까지 그 통의 가루는 다하지 아니하고 그 병의 기름은 없어지지 아니하리라 하셨느니라(열왕기상 17:13~14)"라고 말했습니다.

그러자 이 과부는 지극히 적은 밀가루 한 움큼, 그리고 얼마 남지 않는 기름, 그야말로 한 사람의 끼니조차 될 수 없는 양식을 갖고 하나님께 대한 믿음과 순종하는 마음으로 엘리야에게 과자를 구워 대접하였습니다. 그러자 하나님께서 능력을 발휘하시니 이 지극히 작은 일에 위대한 기적이 나타나 가뭄이 끝날 때까지 밀가루 통에 밀가루가 끊어지지 않았습니다. 위대한 하나님의 기적이 일어났던 것입니다.

나아가서 신약 요한복음 6장에 기록된 오병이어의 기적은 너무나 찬란한 지표가 됩니다. 예수님께서 광야에 나가 말씀을 증거하실 때, 남자만 오천 명 모였으니 부녀자까지 다 합치면 기 만 명의 사람들이 족히 될 것입니다. 그런데 저녁 해거름이 되어 그들이 허기가 져서 허덕이게 되자 예수님께서 빌립을 가리키시며 "저들에게 먹을 것을 주라"고 말씀하셨습니다. 인간의 수학적인 계산으로는 그 일은 도저히 불가능합니다. 그 많은 사람들이 먹을 수 있을 만큼의 많은 떡을 구할 수 없었고 또 설령 떡이 있다고 할지라도 떡을 살 수 있는 돈도 없었습니다. 그래서 빌립은 각 사람으로 조금씩 받게 할지라도 이백 데나리온의 떡이 부족하리이다(요한복음 6:7)라고 말씀드렸습니다.

그런데 그때 안드레가 한 어린아이가 점심으로 가져왔던 떡 다섯 덩어리와 물고기 두 마리를 갖고 왔습니다. 그야말로 장정이 한입에 넣으면 금방 없어질 만한 보잘것없는 양이었습니다. 그러나 이적은 양식이 예수님의 손에 들려져 예수님께서 하나님의 능력으로 축복하시니 남녀 기 만 명이 먹고 열두 광주리가 남는 기적이 일어나게 되었습니다. 작은 일에 하나님의 능력이 더하시면 상상할 수 없는 위대한 일들이 일어납니다.

예수님께서 세계를 복음화하고 인류를 구원하기 위해 택한 제자들을 보십시오. 세상적으로 볼 때 거물은 한 사람도 없습니다. 교육을 제대로 받지 못한 어부들, 미움을 받은 세금장이, 이스라엘 독립을 획책하는 열심당원, 사회 저변에서 사람들의 눈에 별로 띄지 않고 인정받지 못하는 보잘것없는 사람들뿐이었습니다. 예수님께서 이런 열두 명의 제자를 데리고 3년 반 동안 다니시고 나중에는 온 천하만국을 복음화시키려고 하셨는데 내가 가만히 그 제자들을 조사해 보니 요사이 신학교 입학 지망생으로 원서를 냈다면 합격될 사람, 한 사람도 없습니다. 모두 자격 미달자뿐입니다. 교육도 수준 이하요, 가정적인 배경이나 인격도 수준 이하라, 요사이 신학교 신학생이 될 수 없는 '작은 사람들' 이었습니다.

거기에다 또 그 열두 명 중에 한 명은 예수님을 팔아먹고 나머지도 예수님께서 십자가에 못 박히실 때 모두 다 도망가버리고 말았으니 정말 수준 이하의 인간들이 아닐 수 없습니다. 이러한 사람들을 예수님께서 데리시고 천하를 복음화하겠다고 하셨는데 아마 예수님의 말씀을 들은 유대인들이나 로마인들은 가소롭게 생각했을 것입니다. 그러나 지극히 보잘것없고 작은 이들에게 하나님의 성령이 임하여 하나님께서 함께하시매 이들을 통해 이천 년이 지난 오늘 날 십억이 넘는 사람들이 예수 그리스도를 구주로 믿게 된 것입니다.

그러므로 작은 일이라고 해서 절대로 무시하면 안 됩니다. 작은 일에 하나님의 능력이 보태지면 상상을 초월한 위대한 일이 일어나는 것입니다. 우리 생활의 행복에 있어서도 거창한 것으로부터 행복이 다가오는 것은 아닙니다. 큰 집을 짓고 차를 타고 금고에 금과 은을 가득 채워 놓는다고 해서 반드시 행복하리라는 법은 없습니다. 이런 물질은 단지 행복해질 수 있는 도구에 불과합니다. 행복은 지극히 작은 것에서 다가옵니다. 마음에 평안과 기쁨이 있고 가정에 화목이 있으면, 먹고 입고 마실 것이 알맞게 있으면, 충분히 행복을 누릴 수가 있는 것입니다. 따라서 우리는 작은 것에서 행복을 찾아야 합니다.

그러면 그 '작은 것' 이란 무엇을 말할까요? 먼저 혀에서 잘 출발하면 누구나 행복을 누릴 수 있습니다(야고보서 3:3). 오늘날 과학자들도 '언어중추신경이 다른 신경을 지배한다' 라고 말하고 있습니다. 그 때문에 우리가 혀로써 무슨 말을 하면 모든 신경이 혀의 말을 따릅니다. 우리가 혀로 '나는 불행하다, 나는 못났다, 나는 살 가치가 없다, 나는 무력하다, 죽었으면 좋겠다, 이놈의 세상 될 대로 되라' 라고 말하면 이 말이 신경을 지배하고 행동을 지배하고 생활을 지배해서 파괴적이고 부정적이고 절망적인 인생으로 전락시켜 버리고 맙니다.

사람이 일단 혀로써 부정적인 말을 자꾸 하여 사상이 부정적 세력에 잡히게 되면 불행하기 짝이 없는 사람이 되어 버리고 맙니다. 그 때문에 우리는 혀를 조심해야 합니다. 혀로서 좋은 것을 말하고 맑고 밝고 환한 것을 말하며 긍정적이고 적극적이고 창조적인 말을 할 때 혀의 말대로 창조적인 방향으로 걸어갈 수 있습니다. 혀는 지극히 작은 지체이지만 혀의 말로 사람을 죽이기도 하며 살리기도 합니다. 로마서 3장 13~14절에 보면 혀에 대해 신랄하게 분석하고

174

있습니다. 먼저 혀는 속임을 '베푼다' 고 했습니다. 오늘날 사람들은 이 지극히 작은 혀를 놀려서 자신을 속이고 이웃을 속이므로 생활 전체를 스스로 낭패 속에 밀어 넣습니다. 또 입술에는 독사의 독이 있다고 했습니다. 오늘날 사람들은 이 입술을 놀려 독사의 독보다 더 무섭게 타인의 심령을 죽이고 있습니다. 남을 무모하게 비난하고 공격하는 말, 남을 헐뜯는 말, 상처 입히는 말은 아주 무서운 독입니다. 오늘날 이 독에 올라 자신의 행복을 다 잃고 다른 사람들의 행복도 파괴하는 일들이 얼마나 비일비재합니까? 성경은 "그 입에는 저주와 악독이 가득하고(로마서3:14)"라고 말씀했습니다. 수많은 사람들이 축복의 말보다 저주와 악독이 가득 담긴 말로 이웃을 무모하게 험담하고 모욕하여 파괴시키고 있습니다. 그 때문에 혀와 입은 작은 것 같지만 우리 인생을 죽이기도 하고 살리기도 하는 것입니다.

야고보서 3장 1~12절에도 이 혀에 대한 말씀이 기록되어 있습니다. 먼저 혀는 곧 '불' 이라고 했습니다. 작은 성냥 하나로 온 도시를 태우는 것처럼 혀 하나로 가정을 분쟁의 불바다로 만들고, 이웃을 분쟁의 불바다로 만들 수 있다는 말씀입니다. 또 혀는 '불의의 세계' 라고 했습니다. 혀가 불의한 일을 저지르는 도구가 된다는 말씀입니다. 그리고 지체 중에서 온 몸을 더럽힌다고 했습니다. 말 한마디 잘못하여 자신의 인격이 더러워지고 남의 인격도 더럽힌다는 말씀입니다. 나아가서 생의 바퀴를 불사르나니 그 사르는 것이 지옥 불에서 난다고 했습니다. 혀를 잘못 놀리면 지옥에서 불을 갖고 오는 것이 되어 자기도 지옥 불에 타고 이웃도 지옥 불에 태운다는 말씀입니다. 사람이 지옥 불에 타면 얼마나 고통스럽겠습니까? 이러므로 우리는 작은 혀에서 나오는 작은 말 한마디를 극히 조심해야 합니다. 입술에서 나오는 작은 말 한마디가 얼마나 큰 용기와 희망과 능력을 주는지 압니까? 우리가 무엇을 잘못했더라도 작은 말 한마디로 용서를 구하면 모든 일이 아름답게 이루어질 수 있습니다. 남편이 아내에게 잘못했더라고 "나 잘못했어요"라고 말하면 금방 불화가 풀립니다. 아내가 남편에게 잘못했더라도 "나 잘못했어요"라고 말하면 다시 화목해질 수 있습니다. 교회의 목사가 성도들에게 잘못했더라도 강단에 서서 "여러분, 용서해 주십시오"라고 말하면 모든 문제가 해결될 수 있습니다. "용서해 주십시오", "잘못했습니다" 이 말 한마디가 쉬운 것 같지만 실상은 그렇지 않으므로 사람들이 이 말을 잘 사용하지 않기 때문에 오해가 쌓이고 미움이 쌓여 분노와 다툼이 일어나는 것입니다. 그 때문에 우리는 작은 혀를 놀려 잘못한 일이 있으면 용서를 구하고 감사한 일이 있으면 감사를 표현해야 합니다. 자기를 인정해 주는 사람을 위해 목숨을 버린다는 말이 있습니다. 아내 여러분, 지극히 작은 말이지만 남편이 작은 일이라도 잘해주면 "여보, 참 감사해요, 고마워요"라고 말하십시오. 남편 여러분, 아내가 잘해주거든 으레 있는 일이라고 그냥 지나치지 말고 "여보, 참 감사해요, 고마워요", "오늘 음식 참 맛이 있어요, 정말 고마워요", "오늘 집안 청소가 잘 돼 있군요, 참 고마워요"라고 말하십시오. 이런 작은 말이 마음속에 들어가 기쁨과 용기와 희망을 생기게 해주는 것입니다.

앞 페이지─남편 유길형 선생과 함께
옆 페이지─남편에게 보내는 육필 엽서

여보! 영감!!
보고 싶은 유권자님!
잘 계셨어요
오늘이 무슨 날이게

유해문 아버님의 귀한 장남으로 태어난 당신의 육신으로
사신 88돌 생일날. 즐거운 날을 설마 잊으신것 아니겠지요
27세에 나의 남편이 되신 당신
29세에 희의 아빠로서 교. 채. 인. 50세의 늦은나이
에 한이 아빠가 되신 당신
한결 같이 성실하고 그리고 최상의 가장이였어요.
그리고 자상한 남편이 였고요.
정말 고맙고. 그리고 수고 하셨어요. ·
이 못난 아내를 용서해 주어요.

당신이 쓰러지던 날 그 맑고도 밝았던 눈동자를 나는보았지요
분명 당신은 예수님 예비 하신 처소에 가셨지요.
이제. 즐겁고 평안 하지요.
아버님 어머님과도 반갑게 만나고 계시 지요.
이제 당신도 거룩한 영이 되었으니 그곳에서 성부하나님 성자
하나님. 성령님과~ 함께 기도해 주세요.
    그나라와 그의를 위하여
    한이네 후사주십사 하고
    희네 직분 감당 하기 위하여
    교네 선조의 믿음 계승 위하여
    채네 믿음 지킬수 있는 기업 주십사 위하여
    인 남편 질병 회복을 위하여
그리고 평안히. 자유롭게 계시며 이 아내를 기다려 주세요
    다시 만날때 다시만날때. 그때까지 하나님이 함께 하시기를 ……
                    2011년 7월 22일 영감 88돌 생전. 아내가

채종항

1925년 3월 30일 함경남도 원산시 문천군 영노리 출생. 1944년 경성여자사범대학 졸업. 1944-46년 원산 명석국민학교 교사. 1946-1949년 서울 창신국민학교 교사. 1949년 12월 2일 유길형 권사와 결혼. 1991년 서울시 강북구 백일장 장원. 색동회 어머니 동화 구연대회 수상. 2001년 수필과비평사 신인작가 등단.

채종항 수필집 __ 베 홑이불의 전설

2012년 7월 7일 초판 1쇄 발행

지은이 채종항

발행인 최훈

발행처 도서출판 연장통

출판등록 제16-3040호

경기도 파주시 문발동 504-4

전화 070 7699 4950

www.yonjangtong.com

회장 李起雄

편집 김미미

제작 상지사피앤비

표지그림 이은준

ISBN 978-89-966498-4-7(03810)

값은 뒤표지에 있습니다.